U0087885

小說新賞

牡丹亭

原著　明·湯顯祖
編寫　張博鈞

三民書局

主編的話

在經典故事中成長

　　我常常思索著，我是怎麼成了一個說故事的人？

　　有一段我已經忘卻的記憶，那是一個沒有什麼像樣娛樂的年代，大人們忙著養家活口或整理家務，大部分的孩子都是自己尋找樂趣，妹妹告訴我，她們是在我說的故事中度過童年的。我常一手牽著小妹，一手牽著大妹，走到家附近那廢棄的老宅前，老宅大而陰森，厚重而斑駁的木門前有一座石階，連接木門和石階的磚牆都已傾頹，只有那座石階安好，作為一個講臺恰到好處。妹妹席地而坐，我站上石階，像天方夜譚般開始一千零一夜的故事。

　　記憶中的小時候，我是個木訥寡言的人，所以當小妹說起這段過去時，我露出不可思議的神情，懷疑她說的是另一個人的事。雖然如此，我卻記得我是如何開始寫故事的。那是專三的暑假，對所有要上大學的人來說，這個暑假是很特別的假期，彷彿過了這個暑假就從青少年走入成年。放暑假的第一天，我從北部帶著紅樓夢返家，想說漫長的暑假適合讀平日零碎時間不能完整閱讀的大部頭。當我花了兩個星期沒日沒夜看完紅樓夢，還沒從寶黛沒有快樂結局的悲悽愛情氛圍中脫身，突然萌生說故事的衝動，便在酷暑時節，窩在通鋪式的臥房，以摺疊成山的棉被權充書桌，幾個下午就完成我的第一篇短篇小說、我說的第一個故事。寫完時全身汗水淋漓，用鉛筆寫的草稿也被手汗沾得處處字跡模糊，不過我不擔心，所有的文字都在我腦海中，無需辨認。之後我又花了幾天把草稿謄在稿紙上，投寄到台灣日報副刊，當那個訴說青春少女和遲暮老人忘年情誼的小說變成鉛字出現在報紙副刊，我知道我喜歡說故事、可以說故事，於是寫了一篇又一篇的小說，直到今天。

　　原來是經典小說帶領我走入說故事的行列，這段記憶我始終記

得，也很希望在童年時代還耐不下性子閱讀原典的孩子們，能和我一樣在經典故事中成長。

　　雖然市場上重新編寫經典小說的作品很多，但對我這個有兩個少年階段孩子的母親來說，卻總覺得找不到適合的版本，不是太簡單，就是太難，要不然就是刪節得不好，文字不夠精確等等，我們看到了這當中的成長空間，於是計畫進行一套經典小說的改寫版本。

　　首先我們先確定了方向，保留較多文學性，讓這套書適合大孩子閱讀；但也因為如此，讓我們在邀請撰稿者方面碰到不少困難。幸好有宇文正、石德華、許榮哲等作家朋友們願意加入，加上三民書局之前「世紀人物 100」的傳記書系列，也出現了不少有文采、有功力的寫作者，讓這套書可以順利進行。對於文字創作者來說，創意是珍貴的資產，但改寫工作就像化妝師，被要求照著一張照片化妝，不能一模一樣，又不能不一樣，一些作者告訴我，他們在撰寫這系列的書時，常常因為想寫的和原著不太一樣而卡住，三民書局的編輯也常常要幫著作者把寫作節奏拉回來，好幾本書稿都是初稿完成後，又大幅刪修，甚至全部重寫。辛苦的代價便是呈現在讀者面前的這套書——文字流暢、故事生動，既有原典的精華，又有作者的創意調拌，加上全彩印刷、配圖精美。這是我為我的孩子選擇的一套書，作為他們告別青春期的最佳禮物，希望能和天下的學子、家長們分享，也期待這套「大部頭的套書」，經過作家們巧妙的改寫、賦予新生命後，保留了經典的精神，又比文言白話交雜的原典更加容易親近，讓喜歡聽故事、讀故事的孩子，長大後也能說故事、寫故事，於是中國經典文學的精華就能這麼一代一代傳誦下去。

林黛嫚

作者的話

從通俗小說到文學殿堂

作為一個中文系的學生，最常被問到的問題之一就是：你為什麼想讀中文系？針對這個問題，答案可以說得很複雜，也可以說得很簡單，端看提問的人是誰而定。就我而言，「喜歡」就是標準答案，沒有特別的原因，像是想要興復中華文化之類的偉大抱負，說真的這輩子還沒有動過這種念頭。我只是單純的喜歡吟誦詩詞的感覺，對一個十六、七歲的慘綠少年來說，古典詩詞實在是太適合用來傷春悲秋的一種媒介，纖細的愁緒、銳敏的哀愁，詩詞裡俯拾即是。但是，如果真要說起我的文學啟蒙，其實，詩詞並不是最早觸動我的，最早觸動我的，應該是言情小說。

在我國小升國中那一段時間，大概是臺灣言情小說開始蓬勃發展的初期，甩開了西方羅曼史小說的大軍壓境，臺灣言情小說榮景正好，一路伴著我們成長。當時的言情小說界堪稱是百家爭鳴，我們看席絹、于晴、唐瑄、陳明娣、綠痕等作家的作品，瓊瑤已經是老前輩的前輩再前輩了。那時，我往往一下課就往書店跑，為了看小說可以忍著腳麻的不適，在書店蹲一個下午，而且這還不是我個人的單一個案，當時的各大書店，言情小說區通常或站或蹲的擠了一群人，都是小說的愛好者。在那個時候，這些閒書都還是學校眼中的違禁品，但那些動人的故事總是吸引著我，而故事中因應主角心境出現的詩詞，也因此抓住了我的眼光，然後我注意到了李清照、李後主、蘇東坡，乃至於李白、李商隱等詞人、詩人，詩詞慢慢進入我的世界。

喜歡言情小說，連帶也會注意到古典小說，紅樓夢也是這樣進入我的世界，而且因為太喜歡，我把紅樓夢一看再看，一再為寶玉、黛玉的戀情極端傾倒。就在看紅樓夢的過程中，牡丹亭也出現在我

的文學世界裡。在第二十三回，林黛玉隔著梨香院聽到牡丹亭的唱詞，唱道是：「原來是奼紫嫣紅開遍，似這般，都付與斷井頹垣。良辰美景奈何天，賞心樂事誰家院？」當黛玉隔牆痴然時，當時懵懵懂懂的我，也覺得這句子格外動人，其中多少幽怨無奈，一如人生，只是那時候我還不知道牡丹亭訴說的是什麼樣的故事。

　　一直到上大學之後，我才知道牡丹亭其實是古代的戲劇，而且還是一段纏綿悱惻的愛情故事，實在相當對我的胃口。興匆匆的去找來看，甫一翻閱，就被書上的作者題詞深深感動。湯顯祖說：「情不知所起，一往情深。生者可以死，死可以生……」說得多麼動人，於是我看著書裡杜麗娘和柳夢梅夢中相遇，看杜麗娘為愛而亡，後來又因愛還魂。曲折動人的故事，瑰麗的辭藻，確實是「餘香滿口，詞藻警人」。我雖然不能像林黛玉那樣一目十行，過目成誦，但對書中的幾支曲詞，卻也是格外印象深刻。只是當時的我雖然深受牡丹亭的吸引，但卻一直對其中的部分情節很不能接受，尤其是驚夢一段的設計。

　　驚夢是牡丹亭的重頭戲，歷來崑曲演出，最常演出的也是這個橋段，但我實在無法接受古代一個年方十六，養在深閨又未解人事的千金小姐，居然會做有顏色的夢！她到底是哪裡來的「靈感」啊？古代的性教育應該沒這麼早啟蒙吧？雖然這段情節的戲劇表演頗有美感，但我就覺得它是情節上的一個汙點，削弱了愛情的純度，也不符合現實。所以在接下牡丹亭改寫的工作時，我第一件想到的就是改掉這個橋段，然後依我多年看言情小說的經驗，讓杜麗娘的驚夢純潔一點，一切點到為止。

　　基本上，我是把牡丹亭的改寫工作當成言情小說在寫，所以寫

來非常開心愉悦。寫作過程中，也讓人不禁懷念以前在書局看小説的日子，雖然現在我還是會看言情小説，但只限於幾個熟悉的作者，新作者對我來說相當陌生。而且言情小説的市場似乎也不像以前那麼熱絡，現在到書局，鮮少看到地上坐滿看閒書的學生那種盛況，更可怕的是，整個書局的閒書區，除了都會、言情小説，幾乎都被國外跟大陸的作者給占據了，<u>臺灣</u>的作家跑哪去了呢？

以前，言情小説對我們而言是禁書，現在，如果學生願意看，身為老師的我們已經要偷笑了。因為我自己的成長經驗，所以我從不反對學生看閒書，只要願意親近文字，總有一天會接近文學，或許哪天還有機會成為創作力十足的作家呢！我衷心希望哪天走進書局，書架上看到的不再只有滿坑滿谷的翻譯小説或大陸小説，而是有許多臺灣新鋭作家所寫的，具有想像力、創造力又有深度、有內涵、知識豐富扎實的動人小説。

嗯！真的衷心期盼那天的到來！

張博鈞

牡丹亭

目 次

衝破禮教的動人愛戀

　　以現在的眼光來看，或許有人會說，牡丹亭不過是一段愛情故事，跟現下的言情小說沒什麼兩樣。如果就愛情這個主題來說，或許是的，但若就整個時代意義來看，牡丹亭的出現，其實代表一個在極度被壓抑的時代中，渴求自由美好之精神的高聲吶喊。

　　在二十一世紀的現在，我們很難想像古人的生活受到多大的限制，那並不是一句「男女授受不親」就可以說完的。從上到下，從裡到外，都有一套嚴格的教條在約束人的身心，在明代那個禮教吃人的時代，這種情況尤其嚴重，而這種壓迫，在女性身上更是明顯。根據史書的記載，明史中收錄的節婦、烈女的數量，是前朝的四倍以上，而著錄在地方志之中的數量更是驚人。僵化如死水的禮教不知道禁錮了當時多少活躍的心靈，可怕的是當時的人奉此為圭臬，強逼著所有人都要合在這嚴苛的尺規之中，稍有差錯便被視為異端，痛加詆毀。如果是女性，大概就不脫浸豬籠、遊街之類的酷刑，從此被打為淫婦、蕩婦，千夫所指，最後只能在人言可畏之下，上吊自殺以求解脫。

　　身為一個二十一世紀的新女性，如果聽過「敗犬」這個詞彙，就知道它對年過三十的單身女性帶來的壓力，是將那種壓力乘以千萬倍，大概就相當於明代女性受到的精神壓迫了。在牡丹亭的故事裡，女主角杜麗娘就是過著這樣的日子，雖然養尊處優，生活優渥，但就像一隻被關在精美鳥籠中的金絲雀，甚至更慘，因為她的精神是受到嚴苛禁錮的。她的父母給予她諸多規定，唯恐她有一點行差踏錯，白天打個瞌睡，就被父母大驚小怪的數落一陣，在府衙住了三年，完全不知道府中有座後花園，更別說踏足其中，連刺繡時偶然繡個成對的花鳥，都會引來母親的大驚小怪，唯恐女兒的心思活

絡、不安分。

在這樣死氣沉沉的青春歲月中，因為一首詩跟一次偶然的機會，開啟杜麗娘對愛情的全部渴望。湯顯祖面對當時吃人的禮教，他特別強調「情」，而杜麗娘正是至情的化身，整部牡丹亭的主軸正是圍繞著杜麗娘如何掙脫禮教的束縛，勇敢的去追求自己的愛情理想，其中其實蘊含著作者對當代僵化禮教的抗議與吶喊。

牡丹亭，全名牡丹亭還魂記，是湯顯祖玉茗堂四夢之一，也是湯顯祖最為人所熟知的代表作品，他自己也曾經說過：「一生四夢，得意處唯在牡丹。」可見牡丹亭不只是他的代表作，也可說是他一生精粹之所寄。作為一部戲曲作品，牡丹亭的出現，標誌著明代戲曲創作的高峰，它的辭藻華美、情韻動人，一問世就立刻「家傳戶誦，幾令西廂減價」。它和元代王實甫的西廂記同為中國兩大名劇，清代曹雪芹在紅樓夢中，特地安排女主角林黛玉先後受到這兩部戲曲的感動與啟發，便可見出這兩部戲曲在戲劇史上的重要地位。

牡丹亭的故事具有相當的傳奇性，唱詞更是支支動人，尤其是驚夢、尋夢、寫真等齣，幾乎每支曲子都是可以流傳千古的名作，杜麗娘進到園中，悠悠唱起的那支「皂羅袍」，不知道感動過多少年輕男女敏銳的心靈。據說杭州有個女伶商小玲，十分擅長演出牡丹亭，有一次出演牡丹亭，演到尋夢中的一段唱詞時，因為感同身受，太過入戲而在臺上氣絕身亡。又有一個婁江女子俞二娘酷愛牡丹亭，曾將全劇細細批注，最後傷心斷腸而死。類似的相關記載很多，不論是真是假，都在在顯示出牡丹亭的深刻動人，與藝術感染力。若不是牡丹亭的內容能取得廣大讀者、觀眾的共鳴，又怎麼會有許多這類故事的流傳呢？

或許牡丹亭的創作時代已經離我們很遠，但青春時期，那種情

懷如詩的隱隱騷動，其實古今皆同，而對於美好愛情的渴望與期待，更是人類跨越時空的共同夢想。牡丹亭並不是故紙堆中，枯燥無聊的老古董，它曾經觸動過往青青子衿的細膩心情，同樣也能觸動未來繁華世界中的年輕心靈。在古往今來的歷史脈絡上，在變動不居的人世中，感動其實很簡單，也很一致。

　　導讀到最後，還是要簡單說明一下，這本書的故事內容，基本上是根據牡丹亭原作進行改寫，但因為牡丹亭是為演出而寫的劇本，所以在改寫成小說的過程中，為了敘述故事的必要，難免有許多增刪的部分。而且因為是劇本，人物的心理描寫較少，作者只好透過唱詞跟說白去揣摩，希望能努力貼近原作。還有，書中的標目，除了楔子、離魂之外，都是取自牡丹亭，當然內容是有更動過的，像驚夢確實是只寫牡丹亭中的驚夢一齣，因為這是重頭戲，需要重筆去寫，但像書中尋夢，其實包含尋夢跟寫真；魂遊其實包括魂遊、幽媾、旁疑等齣的情節，這是為了改寫做出的調整，不是作者漏掉了喔。

寫書的人
張博鈞

　　目前就讀師大國文研究所博士班，喜歡看小說，尤其喜歡將各種知識融進故事情節，豐富人物特色的作品，比如曹雪芹的紅樓夢，比如金庸的武俠小說，比如朱少麟的傷心咖啡店之歌、燕子之類的作品。星座是射手座，卻沒有一點冒險犯難的精神，倒是有射手座莽撞的天真。喜歡冬天的寒冷，討厭夏天的悶熱，喜歡喝茶的悠閒，也喜歡喝咖啡的從容，喜歡讀詩，也喜歡讀詞，……還有其他喜歡的，一時想不起來。

牡丹亭

楔子

情不知所起，一往情深。生者可以死，死可以生……

　　不知不覺中，轉眼已是初春時節，若是在嶺南，此時早已是鶯飛草長，繁花似錦的和煦天氣，但嶺北天候卻猶自清寒料峭，而連日的春雨綿綿，更使得寒意深深，不減隆冬，逼得園中梅花在冷風中危危綻放，帶露而開。

　　馨香淡淡，若有似無的迴盪在梅花觀中。梅樹枝幹上，一朵早開的梅花禁不住寒風的吹拂，乍然離枝，在風中依依迴旋，冉冉飄過圍牆，飄入一間小窗微敞的廂房中。廂房臨窗的書案上堆著諸多書冊文墨，成疊書冊上放著一捲畫軸，飄飛的梅花正巧不偏不倚的落在畫軸的束帶上，在冷風的吹拂下，花瓣還微微的顫動著，像是隨時又要乘風而去一般。

　　柳夢梅獨坐窗前讀書沉吟，原本專注經史的心神，忽然被一股似有若無的暗香驚擾。他抬眼四望，恰好

瞥見那朵落在畫軸上，似欲翻飛的梅花。柳夢梅微揚雙眉，修長的手指輕輕的將梅花拈起，放進硯臺旁盛水的淺缽中。雪白的梅花在墨綠釉色的陶缽中輕柔蕩漾，物雖瑣細，卻也足供賞玩。

想到賞玩，柳夢梅的注意力不禁移到先前梅花落定的畫軸上。他拿起畫軸，手指在畫軸上來回輕撫，感覺畫絹的溫柔質地。這捲畫軸是他十餘日前，到花園中散步解悶時，從湖邊山石縫中拾回，後來因為連日春雨，心情煩悶，一直未曾展玩，居然就這麼將它遺忘在書冊之中了。

儘管他還未曾看過這幅畫，但不知怎地，心頭對這幅畫一直存在一種異樣的情感，此刻對著畫軸，竟有點情怯起來。這突然浮現腦海的傻念頭，讓柳夢梅不禁搖頭失笑，想著一定是春寒惱人，讓他無端端的善感了起來。他看向窗外，見今日雖然寒意尚緊，卻天氣晴朗，春陽微露，比之前幾日的春雨綿綿，多了點和煦氣氛，正好趁此天氣賞玩此畫。

柳夢梅將書案收拾出一片空間，極其珍重的將畫

軸放置其上。他不知道自己何以對這幅未曾謀面的畫這般慎重，但下意識的，就是不想冒犯了它。也許展畫之後，他會對自己現在的行為嗤之以鼻也未可知，但此時此刻，他寧願依隨自己的直覺行事。

　　一邊想著，一邊將畫軸緩緩的展開，當畫幅的全景展現在眼前，柳夢梅不禁被畫中的影像深深震懾，整個人呆立在原地。畫上畫的不是什麼驚悚駭人的鬼怪妖魔，也不是什麼慘絕人寰的悲慘景象，畫裡描繪的，是一個栩栩如生，姿容絕代的女子。只見那女子秀髮低挽，姿態嬌嫻，可說是妍麗無雙。最最懾人心魄的，是那一雙遙視前方的翦水大眼，如此清輝照人，光采異常，而眼中像是蘊含著無限深意、款款柔情，卻偏是似語還休，欲訴含情。然而，儘管畫中人美得出奇，卻不是令柳夢梅震驚呆立的主要原因，真正教他驚訝的，是這女子的似曾相識。她絕美的容顏，他居然依稀曾經在哪裡見過似的。

　　為了方便將畫看得更清楚，柳夢梅拿起畫軸，小心的將畫掛在牆壁上，站開些許距離，反覆欣賞。他仔細的將畫看了又看，越看那女子的容顏，心裡就越

牡丹亭

覺熟悉，那種似曾相識的感覺，濃濃的在心底發酵。柳夢梅心下沉吟思索，當時南宋之際，男女之防甚是嚴明，他長至今日雖已過二十，卻也沒見過多少女子。更別說如此貌美絕倫的妙齡少女，大多嬌養在深閨之中，不相干的男子豈可輕易得見。這畫中女子不僅面貌絕美，身形婀娜，氣質更是清逸出塵，恍若神仙。他不禁感嘆，想來如此品貌的女子，怎麼可能是塵世中人呢？但若不是塵世之人，莫非自己曾經在何處仙境中見過不成？

但他一介凡夫，又何曾踏足過什麼仙境呢？柳夢梅搖頭苦笑，他一個運途困頓的秀才，早年父母雙亡，依靠著家中一個種樹的郭駝孫在廣州過活，雖然滿腹詩書，胸懷壯闊，可惜時運不濟。好不容易籌得路費上京應考，誰知嶺北天候苦寒，讓他在旅途中偶感風寒，若非遇著一個老先生陳最良仗義相助，將他救治在此梅花觀中，只怕此刻小命已休，哪裡還去過什麼仙境呢？更別談有幸遇見如此天仙般的女子了，除非……除非是在夢中？

想到這裡，柳夢梅心念一動，一個箭步上前，對著畫細細端詳，見那女子唇畔微帶笑意，似笑非笑的

5

模樣。他猛然以掌擊額，恍然大悟的歡然笑道：「這⋯⋯這不正是我夢中所見的那名女子嗎？」

柳夢梅想起那一陣子他困頓在家，鎮日鬱鬱寡歡，悶悶不樂。忽然在一天夜裡做了個夢，夢中恍恍惚惚的到了一座大花園，那花園⋯⋯如今想來，依稀與這梅花觀的花園景致相去不遠。花園中恰好也是有這麼一棵大梅樹，那女子手執青梅一枝，姿態盈盈的俏立在這梅樹之下，嬌羞的對他言道：

「柳郎，柳郎，與奴家相遇，君方有姻緣之分，功成之日。」話音才落，不待他上前答話，那女子含羞笑睨，一個轉身，人便飄然遠去。

柳夢梅醒來之後，心中一陣悵惘，對那夢中美人久久不能忘懷，因此才改名柳夢梅，以記夢中之情。當日他對夢中那女子如此眷戀不已，怎麼此刻見了這仕女圖，竟一時想不起來了呢？難怪自己會覺得畫中之人的相貌十分眼熟，原來是在夢中曾經相見。

柳夢梅握拳在自己額頭上又敲了一記，罵道：「打你這糊塗小子！」

疑團既解，柳夢梅開心起來，在畫前來回踱步，對著畫左右端詳，感覺畫中人的眼神，似乎也隨著他身行影動而轉移，如此鮮活靈動，簡直就像要從畫紙

上走下來似的。

「這等高妙的畫功，不知是何處畫工能有此出神入化的丹青絕技，竟將這姑娘的容貌描摹得活靈活現。」柳夢梅心下讚嘆不已。轉念一想，閨閣千金，怎許畫工唐突至此，莫非這圖卷是此女自己手繪形容？

他細看畫絹，忽見畫卷上以娟秀的小楷題著絕句一首，看那字跡，明顯是女子手筆，想來此畫確實是畫中人親手描繪無疑。方才他驚訝於畫中人的似曾相識，竟沒瞧見此詩，此刻仔細看來，寫道是：「近睹分明似儼然，遠觀自在若飛仙。他年得傍蟾宮客，不在梅邊在柳邊。」

看了此詩，柳夢梅心下驚疑不定。在離家千里之遙的南安，撿到一卷畫著他夢中美人的畫軸，已頗足稱奇，而畫上題詩有梅有柳，居然又湊合他的姓和名，更是離奇，莫非他與這女子真有什麼宿世前緣？但這茫茫人世哪裡有如此好女子呢？這女子容顏既美，寫的一手好字，兼又能詩善畫，世間豈真有如此才貌雙全的佳人嗎？若說沒有，又怎會有這樣一幅栩栩如生的畫像？若果然真有，此刻佳人芳蹤又在何處呢？所可嘆者，自己雖然自負高才，但果真足以配得如此天仙美眷嗎？

反覆看著畫，柳夢梅不禁心動神搖，回身取來筆墨，略一沉吟，便在畫卷詩旁和詩一首道：「丹青妙處卻天然，不是天仙即地仙。欲傍蟾宮人近遠，恰些春在柳梅邊。」

題罷，柳夢梅將筆擱下，從牆壁上小心翼翼的將畫軸取下，捧在手上，情意深深的凝視著畫中女子。他凝眸深處，似乎能衝破千里之遙、虛實之隔。他看著畫，輕聲嘆道：

「我柳夢梅孤身一人借宿在此，長日寂寥，今後可喜有此畫相伴，便將這畫放在廂房之中，日夜觀看，以解心中寂寞。」柳夢梅對畫痴然，一時間不知身在何處，不覺忘情，只聽他嗓音低柔，輕聲喚道：「姑娘，姑娘……。」

輕喚聲中，畫中女子的眼神似乎有光影流動，含情似喜，就像在回應他低沉的輕喚一般。

幽冥路上，一片昏慘慘的淒涼景象。眼前盡是深不見底的茫茫黑暗，黑得一點光亮也無法穿透，陰暗之中只有黯淡的螢綠鬼火，幽幽的漂浮在空中，微弱的

閃動，不僅沒有半點照明效果，反而更增詭譎氛圍。狂風颯颯，卻吹不起一絲絲塵沙、水波，只聽得風聲有如狼嗥鬼哭，淒厲的迴盪在幽深的九泉冥界。

這裡，沒有絲毫生命的溫度，有的只是一片無止盡的寒冷，一片伸手不見五指的漆黑迷霧。迷霧之中，面容猙獰的夜叉鬼卒，一手拿著招魂幡，一手拿著刀槍棍棒，喝斥著一隊隊鬼魂依序前進。

所有的鬼魂都是一臉漠然，死白的臉上沒有任何表情，在夜叉鬼卒的呼喝號令下，幽幽的緩步前進。黃泉路、奈何橋，穿梭陰陽兩界的通道，每一步對三魂七魄都是撕心裂肺的摧折。只要每踏出一步，塵世種種就忘卻一分，一步一痛，一痛一忘，但所有的鬼魂臉上依舊漠然，任何感覺都只能心內煎熬，無法表現在臉上。

通過黃泉路，走過奈何橋，眼前便是幽冥地府，冥府的門牆巍峨高聳，冷酷堅硬，令人望而生畏。鬼魂在鬼卒的監視下，一個個陸續走過奈何橋，只要進了冥府，這一批鬼魂的送達任務便完成了。

在鬼卒狠戾的呼喝聲中，奈何橋中突然起了一陣騷動，吸引了鬼卒們的注意。一個女鬼魂原本走得好好的，不知怎地，突然停在橋中央，動也不動。鬼卒

們紛紛厲聲怒喝，嚇得其他鬼魂紛紛繞過女魂，魚貫前進。但那女魂卻依舊站立在橋的中央，死白漠然的臉上竟隱隱有了情緒的波動。

鬼卒們猙獰的臉孔紛紛逼近女魂，在女魂身旁喝叫，凶狠的動手拉扯女魂手上的銬鐐，那女魂卻不見不聞，只見她眉峰皺起，抬頭四望，兩泓秋水似的雙眼左顧右盼，像在尋找什麼似的。

鬼卒們被女魂特異的舉動牽引，竟也跟著左右張望了起來，以為這幽冥世界闖入了什麼不該出現的東西。

姑娘，姑娘……。

輕柔的低喚從四面八方傳來，那嗓音有似飄飄仙樂，帶著春日和煦的暖風，為這冰寒的幽冥深處帶來了些許溫度，聲聲打進女魂經過黃泉路、奈何橋摧折的心魂之中。

「是誰……是誰這樣溫柔的叫喚？這聲音怎麼會如此熟悉？」女魂困惑的低語，她不記得自己是誰，也不記得這聲音的主人，但這嗓音卻深深的震盪到她心房最柔軟的所在。

鬼卒們驚訝的發現女魂輕淺的低訴聲中，竟然有著情感的頓挫，這可是從來沒有發生過的事情啊！他

們面面相覷，驚疑不定，對眼前的情況感到詫異莫名，他們根本沒聽到什麼溫柔的聲音啊！

姑娘，姑娘……。

女魂的身子因為這聲聲的叫喚而微微顫抖著，她想尋找聲音的來處，但這聲音雖然清晰可辨，卻渾然不知是從何處發出。

除了聲音之外，她還感覺到一股灼熱深情的注視，看得她原本死白的面孔，竟然面泛桃紅，暈生雙頰。那脈脈含情的清澈眼神，像是哪世裡曾經見過。她似乎曾經在那樣的一雙眼神之下，含羞默默，芳心可可*。

眼前似乎又看見了那一雙深邃的眼睛，和煦宛若春陽，清朗如同星月。那樣直見性命的深情雙眼，究竟是誰所擁有？那女魂的身體劇烈的晃動著，她抬起纖纖素手，向著陰暗的空中漫無目的的摸索。

鬼卒們見那女魂周身紅光閃爍，全都嚇得呆了，稍微冷靜一點的，猜想此女身上必然帶有奇情奇冤，不敢怠慢，忙飛奔報知鬼差、判官，其餘的便留在原

*芳心可可：指心中小鹿亂撞，無法平靜。

處，牢牢看守女魂。

　　只見女魂身上的紅光慢慢消失，整個人竟像活了一般，若不是形神依舊有些許飄忽，還真看不出是個鬼魂。她依舊站立在橋的中央，不言不動，耳邊迴盪著的聲音，像是在叫回她的記憶，而那雙溫柔的眼依舊清晰的浮現在腦海。她幽怨一嘆，雙唇微動，低喚：

　　「秀才，秀才……！」

　　所有的聲音突然靜止下來，那女魂閉上雙眼，兩行淚從她清麗無雙的面龐落下，化作一道清煙消散。

　　她腦海中畫面翻騰，一幕幕的景象快速掠過。原來，她名喚杜麗娘，是南安太守杜寶的獨生女兒，一向被父母嬌養在深閨之中，大門不出，二門不邁，日日以詩書、女紅作為消遣。原來……原來她已經在青春正盛，容顏正好時，香消玉殞。

　　想起來了，她全想起來了！原來她耳邊聽聞的低柔嗓音，腦海浮現的深邃雙眼，正是那年春天出現在她睡夢之中，那個折柳相贈的溫柔書生。

　　杜麗娘的眼神逐漸迷濛，心神陷入了沉沉的回憶之中，生命的扉頁快速翻飛，翻飛至那個春光明媚的時節。

　　那年春天，奼紫嫣紅開遍……。

第一章　閨　塾

　　春日清晨，晨光照進繡房之內。春光裡，<u>杜麗娘</u>對鏡梳妝已畢，丫鬟<u>春香</u>站在她身後，手上拿著一面菱花鏡方便<u>杜麗娘</u>前後照看。待一切就緒，<u>春香</u>扶起<u>杜麗娘</u>，有些遲疑的問道：「小姐，待會兒真得上書房去嗎？」

　　<u>杜麗娘</u>從鏡中看見<u>春香</u>嬌俏討喜的面容上一臉的不情願，笑道：「前兒都拜師了，難不成只是請先生*來家裡住著，卻不上書房聽他講書不成？」

　　<u>春香</u>嘟起嘴，稚氣的說：「可那先生年紀那麼大，看起來又死板板的，聽他講書一定悶死人了。」

　　「瞎說。背後批評先生，沒規矩！」<u>杜麗娘</u>雖然輕聲責備，但美麗的臉龐不見一絲怒氣，她輕柔的說：「人不可貌相。爹爹說了這先生是個飽學之士，講起書必定是好的，妳一邊伴讀，不也可以長些見識嗎？」

---

*先生：對老師的尊稱。

前幾日，父親與母親商議，為免她辜負光陰，也希望她知書達禮，日後招婿若嫁個書生，彼此間也好談吐相配。因此從府學裡請了個飽學之士，名叫陳最良，前日已行過拜師禮，將他聘為杜府西席*，今日才要開始講學。

「長些見識自然是好的，可是……」春香雙手扭著衣帶，有些不安的說：「可是老爺說了，如果有什麼不好的地方，叫先生只管打丫頭，那我不是就有好些皮肉痛得等著生受了嗎？」

杜麗娘掩嘴笑道：「好端端的，哪裡來的皮肉痛讓妳生受？怎麼？妳怕我害妳挨打不成？」

春香聞言一愣，搔搔頭，隨即開心起來，拍手笑道：「對唷，小姐最是知書達禮，先生怎麼也不可能捉到錯處，那我就不會挨打啦！前兒個聽到老爺說打丫頭，嚇得我懸了幾日心呢！」

杜麗娘搖頭輕笑，由著春香在一邊叨叨絮絮。她與春香從小一起長大，春香孩子氣重，好動也好奇，杜麗娘心想要不是有春香相伴，閨閣寂寞，只怕無以消遣。當然，因為春香總是多言多動，從小到大，板

*西席：對家庭教師的尊稱。

子也沒少挨過。

「……聽到『先生』兩個字，我書還沒上，倒先怕傻了呢。」春香自個兒說了一陣，回身挨到杜麗娘身邊問道：「小姐，妳想這先生會不會沒來由的打我出氣啊？」

「傻丫頭！妳好好的一邊伴讀，先生便打不著妳。就怕妳多嘴妄動，自然要吃虧的。」杜麗娘在春香的扶持下走出房門，口裡不忘叮嚀她。

春香點點頭，受教的說：「那我一定乖乖的。」話音剛落，兩人就聽見前方書房傳來雲板敲擊聲，想是先生已進書房，因此敲擊雲板催促。

「哎唷！先生到了，小姐快些。」春香一驚，也忘了扶持小姐，一股腦的便往書房跑。杜麗娘蓮步輕移，不疾不徐的跟隨在後，想著春香的個性，只怕方才的一番叮嚀也是白搭。

款款步入書房，杜麗娘對著陳最良行了個禮，道：「學生見過先生，先生萬福。」

春香見小姐行禮如儀，原本呆瞪著陳最良，不知如何是好的她，連忙有樣學樣，也對著陳最良屈膝禮

敬，道：「先生別見怪。」

陳最良清清喉嚨，撫鬚正色道：「禮記有云，作為女子，雞鳴之時便該盥漱晨妝，向父母請安，之後針線女紅，事事都要經心。現在女學生聘師讀書，更是得要早起為是。」

杜麗娘聞言，忙回道：「學生以後不敢了。」

春香見狀，連忙跟著行禮，嘴裡咕咕噥噥的道：「知道了。今天夜裡便睜著眼不睡覺，三更時分就來請先生上書房講課。」

杜麗娘偷偷的看先生一眼，見陳最良似乎沒聽見，忙向春香使了個眼色，要她噤聲。春香吐了吐舌，連忙服侍杜麗娘在桌前坐定。

杜麗娘才坐定，耳邊便聽見陳最良問道：「昨日交代的功課可曾溫習了沒有？」

「已經溫習了，只等待先生講解說明。」杜麗娘正襟危坐，溫言回應。

陳最良點頭笑道：「很好，既然如此，妳且念來聽聽。」

「關關雎鳩，在河之洲。窈窕淑女，君子好逑。」杜麗娘聲音輕柔，將詩句念得格外動聽。

陳最良對杜麗娘的動人嗓音置若無聞，一等她念

牡丹亭

完，便接著講起書來：「嗯。這雎鳩，說的是一種鳥。關關嘛，講的是這鳥的叫聲——。」

「這鳥怎麼會叫出這種聲音來呢？」春香站在一旁，不解的問。

「便是像『關——關、關——關』這般啼叫。」陳最良下意識的學了幾聲鳥叫，春香在一邊也跟著學起來。陳最良瞄了春香一眼，春香便不敢再學，只是偷笑。陳最良略顯不自在的清清喉嚨，整整衣襟，又道：「這鳥呢，生性喜好幽靜之地，所以才接著說是『在河之洲』。」

聽到這裡，春香一臉恍然大悟，開心的對著杜麗娘說道：「喔！小姐，難怪了。不是昨天是前天，不是今年是去年，咱們府衙裡就養著一隻斑鳩，被小姐不小心放走，得兒的一聲飛得好遠，一飛就飛到何知州家裡去了呢！小姐，妳還記不記得啊？」

陳最良斥道：「胡說八道！這句是『興』。」

「興？興是個什麼玩意？」春香眨著大眼，好奇的問。

陳最良捻著鬍鬚，搖頭晃腦的

說：「這興者，起也。用來引起下句，說這窈窕淑女是個幽嫻貞靜的女子，有個君子要好好的來求她。」

聽了此話，杜麗娘不禁心中一動，眼神若有所思，口裡將這句詩反覆念了幾次。春香沒發覺杜麗娘的異樣，一個勁的追問道：

「沒事兒好好的，為啥要好好的求她？」

「這……」陳最良聞言一愣，一時不知如何回應，罵道：「春香，多嘴！」

杜麗娘聽到這裡，忍不住開口說道：「先生，依照注解讀書，學生自己能理解，還請先生將這詩經大旨講述一番。」

陳最良聽了杜麗娘這話，便開始引經據典，滔滔不絕的說起詩經的內容旨意，聽得春香昏昏欲睡，忍了一會兒，春香悄悄的對杜麗娘說道：「小姐，我想出恭＊。」

杜麗娘指指陳最良，低聲道：「出恭要對先生說。」

春香苦著小臉，嘟囔道：「怎麼連出恭也得讓先生管咧？」說著瞄了瞄口若懸河的陳最良，她舉起手，大聲的叫道：「先生，春香要領出恭牌！」

＊出恭：對上廁所較為文雅的說法。

牡丹亭

陳最良一愣，呆呆的點頭道：「快些回來。」

春香聽了，對杜麗娘一笑，一溜煙便往外跑。陳最良看看天色，說道：「今日書也講得差不多了，這會兒妳就習字吧。」

「是。」杜麗娘端正坐好，攏袖執筆，對著字帖細細臨摹。陳最良走到她桌邊，探頭一看，驚訝的道：「哎呀！我從來沒見過這等好字，妳臨的字帖是什麼名堂？」

「這是衛夫人傳下的字帖。」

陳最良點頭讚嘆：「這等好字。」說話間，春香興高采烈的從外頭奔進書房來，口裡叫道：「小姐，小姐！」

杜麗娘見春香忘形，故作惱怒的喝道：「劣丫頭！先生在此，不可吵鬧。」

春香滿心歡喜，早把先前的擔憂都拋到九霄雲外去了，衝著杜麗娘，喜上眉梢的說：「小姐，剛剛去茅廁才知道，那邊原來有座大花園，桃紅柳綠的，看起來好好玩哪！」

「嗯哼！」陳最良瞪著春香，故意的咳了一聲。春香整個人像是被當頭澆了盆冷水，回過頭來，對著陳最良嘿嘿一笑。陳最良橫了她一眼，罵道：「不好好讀書，說要出恭，原來是到花園去玩耍，這麼頑劣，

待我取荊條來。」

　　陳最良轉身去找荊條，口裡一邊絮絮的念叨著：「古人讀書，有映月囊螢的，也有那懸梁刺股的，妳這麼貪玩懶散，非得教訓教訓，好叫妳向古人學習。」

　　春香知道在劫難逃，苦著臉回道：「先生，像古人那樣讀書哪裡好啊？如果映著月光看書是會把眼睛給弄花的，囊螢嘛，哎喲！好好的蟲子都把人家給弄死了。至於懸梁、刺股嘛……」

　　「懸梁、刺股怎麼地？」陳最良找到荊條，回過頭來問道。

　　春香瞄了瞄陳最良，忍不住笑道：「像先生你啊！懸了梁，損頭髮，刺了股，留下一堆疤，有啥好光彩的？」

　　「妳……妳……！」陳最良本就患有氣喘，這時更是氣得上氣不接下氣，拿起荊條就打了兩下。春香吃痛，忙躲到杜麗娘身後，叫道：「小姐，救命啊。」

　　杜麗娘見陳最良當真動了怒，連忙喝道：「春香，妳放肆！冒犯了先生，還不跪下！」春香一聽，只得乖乖跪下。

　　杜麗娘嘆了口氣，回身向陳最良道：「先生，請您念在春香年幼，

此次乃是初犯，讓學生代您責罰她吧。」

陳最良喘著點點頭，將荊條交給杜麗娘。杜麗娘接過荊條，背過身，向春香使了個眼色，故作凶狠的罵道：「看妳以後還敢不敢不敬先生？還敢不敢到花園去玩？一天不挨打妳就不舒服，以後還敢不敢？」

杜麗娘罵一聲，荊條便在春香身邊虛擊一下，春香會意，哀哀的叫得甚是疼痛，口裡只道：「不敢了，下次不敢了！」

打了幾下，陳最良氣也平了，揮揮手道：「罷了！就饒她這一遭吧。我到前廳去找大人說話，妳們倆功課結束方可回房去，知道嗎？」

「知道。學生恭送先生。」

春香撫著方才被打痛的地方，對陳最良的背影做了個鬼臉，罵道：「村老牛，痴老狗，一點也不知趣。」

杜麗娘回身，嚴肅的看了春香一眼，春香低下頭，只聽得杜麗娘說道：「春香，妳也太胡鬧了！他畢竟是先生，常言道：『一日為師，終身為父。』妳要是真惹惱了先生，只怕還有妳受的。」

春香唯唯諾諾的點頭，杜麗娘搖搖頭，突然問道：「妳方才說的花園是在哪裡？」

說到剛剛的花園，春香就開心起來，拉著杜麗娘

牡丹亭

到門邊，指手畫腳的說：「喏！就在那邊。那花園裡啊，有六七座亭臺樓閣，一兩架鞦韆，還有一灣流水繞著湖石假山，到處種滿名花異草，景致好得很哪！」

杜麗娘聽得心下嚮往，讚嘆道：「原來府裡還有這樣一個地方。」

春香見杜麗娘一臉神往，建議道：「小姐，趁這幾日老爺下鄉視察農事不在家，咱們到那花園裡走走可好？我先叫園丁去整理整理，到時候咱們去，絕對不會碰見人的。」

杜麗娘心下暗自思量，見春香一臉高興，想到她剛剛的行為舉止，不願就這麼遂她的意，便道：「改日再說吧！先回房去。」

「小姐……」春香跟在杜麗娘身後，心想這下她又得懸好一陣子心了。

第二章　驚　夢

　　薰香燒盡，一縷殘煙自香爐中裊裊逸散，<u>杜麗娘</u>仍舊獨坐在琴几旁，纖纖素手在雁柱之間游移不定，時而無意識的撥弄著琴絃，琴音若斷若續，不成曲調的迴盪在閨房內。琴聲間歇的空隙，窗外偶爾傳來幾聲清脆鶯囀，像是在與她百無聊賴的琴聲相和似的。<u>杜麗娘</u>長吁一聲，推開琴，索性走到陽臺，細聽黃鶯欣悅的鳴叫聲。黃鶯在樹叢間穿梭跳躍，此呼彼應，非常熱鬧。

　　半倚著陽臺邊上的欄杆，眼前除了黃鶯飛掠的活潑身影之外，深深庭院，盡是一片寂然。春風徐徐，吹動她如絲秀髮，她攏攏衣襟，抬眼望去，只見幾許楊花飄飛，春光明媚的讓人有些恍惚。<u>杜麗娘</u>心中一動，若有所思的輕聲低嘆，腦海中不期然想起前日讀的詩句，口裡反覆低吟：

　　「窈窕淑女，君子好逑……」吟罷，又是一聲長嘆。

聽見小姐的嘆息，<u>春香</u>輕手輕腳的走到陽臺，只見陽光從樹梢間篩落，一束束投射在<u>杜麗娘</u>身邊，樹枝因著春風的吹拂而搖曳，致使光影明滅不定，形成一道美麗的風景。<u>春香</u>不由得看呆了，讚嘆道：

「小姐，妳側身倚欄，這姿態在陽光的映照下看起來好美啊！」<u>杜麗娘</u>聞言，對著<u>春香</u>淡淡一笑，不自禁的又嘆了口氣。

<u>春香</u>睜著一雙大眼，不解的望著她的小姐。<u>杜麗娘</u>也不說話，站起身來，整了整衣裳，<u>春香</u>忙上前攙扶，見<u>杜麗娘</u>似乎情緒不佳，隨便找了個話題開口，只盼能逗她開心。

「小姐，今兒天氣這麼好，應該到花園裡去走走，老待在屋裡遲早會悶出病來的。正好老爺下鄉還沒回來，先生又請假回家去了，咱們悄悄的到那個花園去玩一會兒，妳說好不好？」

聽<u>春香</u>這麼一說，<u>杜麗娘</u>不禁心動，她遲疑的問道：「妳可曾吩咐園丁掃除花徑？」

「早吩咐過了。」<u>春香</u>聽<u>杜麗娘</u>這話，便知她心中已有八分肯了，開心的道：「自從上次見了那花園，我天天都叫園丁去清理，就預備哪天和小姐一起去花園裡逛逛呢！」

「原來妳早有預謀啊！」杜麗娘聽了春香的話，不禁失笑，也不再考慮，任由春香扶著她快步走到妝臺前。

「取衣服來吧。」對著銅鏡，杜麗娘仔細梳理自己的儀容，讓春香幫著她換上外出的衣裳。等到仔細打扮好了，春香已經迫不及待的遞上摺扇，扶起她便要出門。

走到門邊，杜麗娘想起父母平日的訓誨，腳步略顯遲疑的頓了一下，轉頭見春香既期待又擔心的表情，她深吸口氣，含笑點頭，在春香的攙扶下，主僕兩人緩緩的往花園而去。

不一會兒，兩人已來到花園門口，只見園門半開，院落寂寂*，尚未進園，鼻間便已聞到淡淡的花香。春香興奮的走上前去推開雕花木門，回身扶著杜麗娘，先後走入園中。

曲曲折折的繞過羊腸小徑，園中美景已在眼前，只見處處繁花盛開，蜂圍蝶繞，一派春光燦爛。春香見園中花開似錦，開心起來，完全忘了要扶持小姐，逕自在花園中東奔西跑，花叢中不時的傳來她喜悅的

*寂寂：寂靜沒有人聲。

牡丹亭

驚呼聲，諸如：

「小姐，妳瞧這杜鵑花開得好盛啊！」「小姐，滿樹的茶花都開了，還有薔薇。」「小姐，妳看這水裡有金魚耶，還有錦鯉。」「小姐！……」

杜麗娘見春香玩興大發，也不阻止，由著她在花叢間嬉戲玩耍。她環顧四周，見園中生意盎然，美景如畫，驚喜之餘，心下也不禁讚嘆：

「不到園林，怎知春色如此！」

如此三春好景，著實令人心曠神怡，杜麗娘深深吸了口氣，興之所至的漫步園中。忽然間，一樹白色的杜鵑吸引了她的目光。只見滿滿的花開在枝頭，花團錦簇，擠得沒有絲毫縫隙，花色瑩白潔淨，有如冬日初雪，不帶一丁點雜質，何等純粹。

杜麗娘情不自禁的伸手撫摸柔嫩的花瓣，低頭想要聞聞花香，卻在不經意間，瞥見草地上散落著幾許落花。她微微一愣，收回手，下意識的別開目光，繼續往前走去。

往前走沒幾步，映入眼簾的是一排盛放的茶花。一樹茶花一種花色，紅、白、粉、紫，各不相雜。杜麗娘走上前去細細端詳，只見樹上的

茶花有的已完全綻放，招展在春風中；有的尚且含苞待放，嬌羞盈盈；而有的……在花瓣的邊緣卻已經略略枯黃、凋萎。

「現在……不過是初春時節啊！」對著茶花的姜黃，杜麗娘暗自驚心。放眼望去，園中雖然繁花盛放，但偶然一陣風過，便有幾許花瓣飄落枝頭。「一片花飛減卻春」，這詩句不期然的浮現在杜麗娘心底，原來，人間美景是如此短暫難留。站在花前，她的心情不知不覺的低落了起來。

春香繞著花園玩了一圈，腳步輕快的跑到杜麗娘身邊，雙頰紅撲撲的笑道：「小姐，我看園裡花都開了，只有牡丹還早咧！」

「喔？是嗎？」杜麗娘還陷在自己的思緒裡，沒有看向春香，只是淡淡的應了一聲。

「是啊。這園子好大，處處都是美麗景致，一時半刻也逛它不完，咱們不如留些餘興，改日再來玩耍吧？」春香看看天色，有些捨不得的說。

改日？改日再來時，這園子還會如現在這般生機蓬勃的美麗著嗎?或者已經是落花凋零的殘春景象呢？而到時，她杜麗娘又會變成什麼模樣呢？

「小姐？」見杜麗娘一直沒有反應，春香擔心的

低喚。

「嗯?」杜麗娘回過神,看向春香,嘆道:「回房去吧!」

話才說完,杜麗娘也不等春香攙扶,逕自轉身出園。春香愣了一下,連忙跟上前去,不懂小姐的心情怎麼突然又變差了,明明剛剛逛園子逛得好好的啊?難不成是在生她的氣?可是看起來又不像啊。

兩人一路無言的回到房中,春香見杜麗娘一臉困倦,幫著她卸下外衣,便道:

「小姐,妳累了,不如歇息一會兒,我去瞧瞧老夫人再來。」見小姐沒有其他吩咐,春香供好花、添完香,便關上房門離開。

春香一離開,杜麗娘滿懷的春日愁思,驀地湧上心來。終於,她發現自己連日鬱鬱寡歡的原因。本以為一番遊園能讓她的心情豁然開朗,誰知卻造就此刻的柔腸百結。她今年十六,恰是青春正盛,容華正好的年紀,照理說實在不應該有如此低落的情緒,她的心情應該像此時屋外的春光一樣晴朗燦爛才是。可是,遊園之後卻驀然發現,就算是如此繁盛動人的春日光華,終究會在轉眼

之間凋零殆盡。

才不過是初春時節，繁花似錦中居然早已隱伏了百花凋萎的必然，花木尚且如此，那麼⋯⋯人呢？想她杜麗娘雖然才貌雙全，姿容絕代，但年老色衰也不過是彈指之間，難道她就要鎮日深鎖在這深閨之中，虛度青春嗎？

杜麗娘看向窗外，午後的春光尚好。惱人春色呀！她幽幽的嘆了口氣，想起古時待月西廂的崔鶯鶯與張生，才子佳人，青春美眷。而她，生長於名門官族，父母雖有心要為她挑門好親事，誰知成年之禮早過，卻始終未得良緣。如花容顏，怎禁得住光陰虛耗？

沒有惜花人，百花為誰開？杜麗娘輕撫自己的面龐，若有所思的望著窗外，窗外春風徐徐，吹得人昏昏欲睡⋯⋯。

恍惚中，似乎又回到了剛才的花園，園中的春色依然騷動。杜麗娘一路走來，見花叢中似乎隱隱有個人影，凝眸細看，是春香嗎？她正要呼喚，那人卻轉過身來，隔著一段距離，看不清楚那人的面貌，可是不知為何，他朗如春光的眼神彷彿就在眼前，將她深深吸引。

那人一身書生打扮，手持柳枝，步履堅定的走到她面前，向她拱手為禮，道：「小姐，在下有禮。」

見來人是個陌生男子，杜麗娘一驚，含羞帶怯的低下頭，默然不語，眼角餘光偷偷的打量那名男子。那男子身形修長，氣質溫潤如玉，又有著不卑不亢的恢弘氣度。杜麗娘不禁尋思，這男子如此品貌，不知是誰家公子，而兩人素昧平生，他究竟為何到此？

情不自禁的又偷看了他一眼，卻見他正望著她笑，杜麗娘羞紅雙頰，連忙轉過身。腦海中思潮起伏，她確定她與他素未謀面，但心中那種似曾相識的感覺是為何而起呢？

正尋思間，那男子走到她面前，杜麗娘側身不語，只聽他以醇厚低沉的嗓音，輕柔的說：

「小姐，在下四處尋訪妳，哪知道妳居然獨自坐在這裡。」

尋訪她？這話從哪裡說起？杜麗娘雖然不懂這話，但心中卻生出一股親近之意，她抬起眼，正好與那男子四目相對，她心神一震，忙又低下頭，感覺兩頰火辣辣的燒著。

「小姐，在下進得園來，恰好折得垂柳一枝，小姐既博通詩書，何不作詩一首以賞此柳枝？」說著，

那男子已將柳枝遞到杜麗娘面前。

杜麗娘下意識的伸手欲接，轉念一想，忙又收回。所謂「柳者，留也」。她一個閨中少女，豈可隨意接受陌生男子這種別有深意的東西，更別說作詩相贈了，怎麼說都是不合宜的。

「小姐？」杜麗娘持續的沉默，讓那男子忍不住出聲輕喚。

這一聲低低柔柔的輕喚，叫得杜麗娘無法再保持沉默，輕聲問道：「秀才，你因何到此？」

「小姐，我是為了尋妳而來啊！我隨著妳來到這花園之中，誰知妳忽然不見蹤影，我到處尋找，哪知妳卻在深閨中自傷自憐。」

杜麗娘心裡一驚，這秀才怎麼知道她剛才在房中傷春自憐呢？那男子見杜麗娘一臉驚訝，不等她詢問，便道：

「小姐，妳想必在猜我如何會知曉妳的心事吧？」見杜麗娘又是一愣，那男子笑道：「因為我傾慕妳許久啊！所謂『換你心，為我心，始知相憶深』，我對妳真心一片，自然能體會妳的心意。」

換你心，為我心，始知相憶深。杜麗娘在心中暗暗咀嚼此語，抬眼見他眼神深情誠懇，她的心不知不

覺的為他而柔軟起來。看著他俊朗的面容，她情不自禁的對他微微一笑。那男子見了她的笑容，更是喜出望外，漆黑的眼中滿是深深的愛慕。

「在下可有此榮幸，能伴小姐一同遊園？」杜麗娘沒有回答。那男子上前一步，輕柔的扶住她的纖腰，杜麗娘羞不可抑，腿一軟，人便險些摔倒，那男子連忙將她護在懷裡，叮囑道：「小心。」

倚在他寬厚的胸懷中，杜麗娘心神俱醉，有一種前所未有的安全感油然而生，她原本驚惶的芳心全被安撫。雖然知道這樣的行為於禮不合，但此刻，她不願記起禮教，不願被閨訓教條所束縛，她只知道她心許於他，心許這個她未曾相識，卻似曾相識的男子。

在他的扶持下，他們走過杜鵑花叢，走過荼蘼架，繞過芍藥欄，一邊走著，一邊低聲細談。他看著她，她也看著他，此刻便是永恆。沒有傷春的哀愁，沒有流光易逝的感嘆，滿園春色依舊美麗。

走到了牡丹亭畔，各色鮮花盡皆盛放。杜麗娘讚嘆道：「不愧是

人稱『花中之王』的牡丹，如此國色天香，雍容華貴。」

「若教解語應傾國，任是無情也動人。」那男子折下一朵雪白牡丹，為<u>杜麗娘</u>簪在髮髻上，深情無限的凝視著她。在他的凝視下，<u>杜麗娘</u>又是暈生雙頰，她羞怯的想低下頭，他卻伸手溫柔的捧著她的臉，喃喃的道：「再有多少牡丹，也比不上妳萬分之一的美麗。」

他緩緩湊近她的臉，話聲最後停止在她的唇畔，<u>杜麗娘</u>沒有躲開，她羞怯的閉上眼，堅定的承接了他的吻。如此寧馨甜美的感受，<u>杜麗娘</u>身子微顫，無力的靠在他懷裡。

牡丹亭

春風拂過，滿園的春花隱隱騷動起來⋯⋯。

「小姐，小姐！夫人來啦！」春香緊張的聲音在耳邊響起。

杜麗娘微微皺眉，感覺自己的神魂，在春香的叫喚之下，突然被拉離花園，方才那種戀戀情深的感覺，猛然間迷離起來，恍如隔世。斜倚在臥榻上，半夢半醒之間，她輕喚一聲：「秀才，秀才⋯⋯。」

「小姐！」春香輕搖杜麗娘的肩膀，杜麗娘慢慢睜開雙眼，眼前只有春香可愛的臉龐，哪裡有秀才的影子。

「麗兒，大白天的，怎麼在屋裡打起瞌睡來了呢？」杜夫人眉頭緊皺，口氣帶點責備。

杜麗娘見母親到來，連忙起身行禮，道：「孩兒適才到花園中遊玩，忽覺心神倦怠，百無聊賴，無可釋悶，因此倚榻稍歇，不覺睡去。不知母親到來，未曾迎接，還望母親恕罪。」

杜夫人聞言眉頭一皺，不贊同的道：「白日漫長，身為女子就該待在房裡做些針線，要不就讀書習字，陶冶情性。怎麼也不該到花園遊玩，更別說白日午睡了。麗娘，這花園中冷清，妳一個年輕女子少去為是。」

杜夫人叨叨絮絮的勸說，<u>杜麗娘</u>恭立一旁，無言的點頭稱是。說完，<u>杜夫人</u>又向<u>春香</u>問了一些日常瑣事，交代<u>杜麗娘</u>勤習詩書、女紅，便離開了。

　　見母親離去，<u>杜麗娘</u>無力的嘆了口氣，想起夢中情景，心中不覺悵然若失。原來一切……一切都只是夢啊！

牡
丹
亭

一第三章　尋　夢

　　從廚房端來早餐，<u>春香</u>一邊將餐點擺上桌，一邊偷瞄坐在一旁不言不動的小姐。梳妝完畢之後，<u>杜麗娘</u>便百無聊賴的獨坐在閨房一隅，眼神迷濛，若有所思，時不時的看看窗外，然後就長嘆一口氣，一副困倦模樣，完全失卻往日的精神，也不像平日那般端莊自持。

　　<u>杜麗娘</u>懶洋洋的拿起書來，不一會兒又放下，看著窗外枝葉茂密的綠樹，不禁長嘆一聲。自從昨日午後一夢，每每想起夢中情景，她便不自禁的臉紅心跳，芳心可可，但一意識到一切不過是鏡花水月，長吁短嘆便一再的逸出唇畔，無法遏抑。整個夜裡，她在夢境與現實中徘徊，忽而醒來，忽而睡去，翻來覆去，睡睡醒醒，卻再也無法接續昨日的美夢。

　　一夜失眠，讓她此刻的臉色略顯憔悴，但昨日甜蜜的夢境，卻讓她眼瞳中暗藏著神祕的喜悅，然而夢境的虛幻，又在她臉上添了幾許清愁，使得一向與她

最親近的春香，都覺得她今天雖然沒精打采，但不知怎地，就格外有一股動人心魄的氣韻。

「小姐，用早飯了。」擺好菜之後，春香見杜麗娘遲遲不動筷，忍不住輕聲呼喚。

杜麗娘如夢初醒的看著桌上的餐點，一如往常的精緻豐盛，但她卻沒有半點胃口。她搖搖頭，無力的開口：「我沒心情吃，妳把菜撤下去吧。」

「小姐，可是廚房今天做的都是妳最愛吃的小菜，很爽口的。」春香將一兩碟菜拿到杜麗娘面前，希望能引起她的食慾。

「我沒胃口，妳端下去自己吃了吧。」

「可是……。」春香還想再說什麼，但杜麗娘只是靜靜的看著她，她便把滿肚子的話嚥了回去，默默的收拾好餐點離開。

少了春香在一邊叨絮，杜麗娘情思輾轉，又繞回昨日的夢境，那書生俊朗的面容，再次無比清晰的浮現腦海。在夢中，她如遇平生知己，兩人之間情投意合，心心相印，說不盡的溫柔旖旎*。夜裡，她柔腸百轉，企盼舊夢重來，豈知終究是再添新愁一段，只有

*旖旎：表示一種溫柔美好，明媚的氣氛。

惆悵依舊。

　　輕輕嘆了口氣，她幽幽的看向窗外，窗外亮晃晃的春光，映照得枝頭新綠一片迷離。恍惚間，一個念頭閃過心中，如果她能再到花園去走一遭，或許……或許便能重溫舊夢了吧？

　　這個念頭強烈的驅策著杜麗娘的心，母親昨日的教誨早被她拋諸腦後。趁此時春香不在，她一個人恰好到花園中去尋覓。她悄悄的走出閨房，掩好房門，獨自向花園而去。

　　走到花園門口，只見園門大開，守門與灑掃的僮僕都不知跑哪去了。杜麗娘深吸口氣，心跳加速的走進花園，只見滿園春色依舊繽紛，但殘紅遍地，卻比昨日更加叫人驚心。

　　「才一日光景，怎麼就已是遍地落花了呢？」杜麗娘喃喃低語。似乎，今年的春色特別撩人，撩人輕喜，又撩人輕愁，撩弄得人心煩意亂，不知所措。

　　杜麗娘滿心惆悵，在曲折的小徑上緩緩的走著。一路行來，在腦海中將眼前所見的景色，與昨日的夢境

牡丹亭

一一比對，一時之間，種種柔情盡皆兜上心頭。夢裡，他與她也是以這樣悠閒的步調，漫步在青石版鋪成的小徑上，他的手輕扶著她的纖腰，一派保護的姿態。

依稀還記得靠在他寬厚的胸懷時，那種十足的安心感受；她的手彷彿還能感覺到他手掌溫柔的包覆。他溫熱的氣息，在夢裡織成密密的依戀，牢牢的網住她的芳心，叫她醒來之後想忘也忘不了。

未曾謀面，卻又無比熟悉，多麼奇怪的一種感覺。

唉，究竟是誰家的少年公子，居然擅自入人夢中，引逗人到花園中閒逛。這夢會是一個預兆嗎？預示她未來的良人，……或者，不過只是春夢一場，醒來便隨風飄散？

站在一株楊柳樹下，<u>杜麗娘</u>想起夢中那書生拿著柳枝要她題詠，夢中的款款柔情，如今想來，還是叫人心動不已。伸手無意識的撥弄著柳條，她感覺自己的心變得無比柔軟，軟嫩得一劃即傷。這樣的喜歡，這樣的思念，濃重到讓她的心微微的抽疼著。

這樣些許的疼著也好，<u>杜麗娘</u>心想，不然她都快要不知道自己是否真切的活著了。鎖在深閨，雖然是備受呵護嬌養，但重重禮教，幾乎要壓得她喘不過氣來。父母無時無刻不耳提面命，讓她隨時約束著自己，

要守禮自持、要端莊自重，提醒自己坐如鐘、立如松，不妄言、不妄動，一切的舉止都不能有絲毫的差錯。

種種閨訓，將她的青春年華牢牢綁縛，長久下來，她也習慣了。一貫的乖巧守禮，一貫的溫雅嫻靜，心中所有的青春熱情，都可以壓抑在日常女紅之中，像個最完美的人偶，隨著父母的期望而活。偶爾和春香笑鬧，竟是她枯燥生活中少有的繽紛點綴，春香的活潑、稚氣未脫，讓她嚴肅寂寞的生活至少有些許喘息的空間。

她還以為，生命就會一直是這樣，每天安分守己的看書、繡花，年紀到了就在父母的安排下嫁人，然後相夫教子，行屍走肉般的過一生。這對她來說並不困難，只要把自己所有的情感埋在心底，麻木不仁也不是太困難的事。一直以來，她覺得自己做得夠好了，誰知道光是一首詩、一季春天、一場美夢就輕易的讓她深埋的情感潰堤，讓她此刻如此盲目的在花園中尋找一個夢中的幻影。然後她才明白，原來內心的蠢動從沒有消亡，原來她跳動的心除了麻木之外，也會感覺到疼痛，也會感覺到傷心。

一路走來，園中的景致依舊，但來來去去，哪裡尋得到夢中書生的半點跡象？看那牡丹亭畔，昨天夢

裡，他溫柔的輕吻著她的地方。夢裡，牡丹早已是婷婷綻放，但實際上，滿園的牡丹甚至連花苞都還未結起。

「尋來尋去，都不見了。牡丹亭、芍藥欄，怎麼這般淒涼冷落，全無人跡？」倚著欄杆，看著這芳春寂寂的幽深院落，對照著兩人在夢中的溫柔眷戀，杜麗娘不禁傷心的落下淚來。

那個書生，那夢中的呵護，難道一切真只是鏡花水月嗎？在她的心如此波浪濤天的翻湧過後，要她如何再若無其事的做回當初那個心如止水的杜麗娘呢？她的依戀，她的感情，都已經真真實實的被觸動了呀！

漫無目的的在園中走著，轉過小徑，忽見一株大梅樹長在路旁，梅樹上結實纍纍，梅子翠綠可愛。看著滿樹的青梅，杜麗娘思潮起伏，她輕撫樹幹，感覺這棵梅樹充實飽滿的生命，看看此時綠葉成蔭子滿枝的梅樹，不難想像梅樹開花時的勝景。

「這梅樹依依可人，我杜麗娘死後，若能夠葬在此地，與之相伴，實是一大幸事。」疲倦的倚靠在梅樹上，杜麗娘閉上雙眼，眼淚撲簌簌的落了下來。如果，人世間的事，諸如生死愛戀都能隨人心願，那麼她此刻便不會這樣酸酸楚楚的百般哀怨了，唉……如

果……。

「小姐，小姐。妳自己跑來遊花園也就算了，怎麼還靠在梅樹上打起瞌睡來了呢？」春香上前扶起杜麗娘，喃喃的道：「我吃完早飯回來，到處找小姐不到，原來跑到這裡來了，叫我找了好久。」

「妳做什麼來了？」杜麗娘邊說著，邊拿出手帕拭淚。

春香見杜麗娘臉上猶有淚痕，訝異的問：「小姐，妳怎麼哭了呢？」

杜麗娘被春香這麼一問，勾起心事，淚珠又滾滾而落，口裡喃喃自語：「早知是夢，我便該順他請求，與他題詩一首，以完夢中之情，如今……如今後悔也遲了。」

「小姐？妳在說些什麼呢？我怎麼都聽不懂。」

杜麗娘只是舉手拭淚，並不回答。春香壓下滿腹疑問，怕又觸及她的傷心之事，只試探的道：「小姐，咱們回房去吧！」

由著春香扶她走出花園，踏出園門時，杜麗娘停下腳步，回首望去，三春美景依舊，一聲聲杜鵑啼叫傳來，她幽幽的嘆道：「以後想要再到這園中，若非是睡夢之中，便是死後長眠於此了。」

「小姐，是時候去向夫人請安了。」

「走吧。」轉身離開。<u>杜麗娘</u>心想，一切也只能是這樣了，夢再美、再動人，畢竟也不過只是一場夢而已。

「徑曲夢迴人杳，閨深珮冷魂銷，似霧濛花，如雲漏月，一點幽情動早。」娟秀的小楷，幾乎寫滿整張紙，紙上翻來覆去都是這幾行字，其中「一點幽情動早」六字，更是反覆寫了好幾遍。

將原本散放在桌上的詩稿隨意擺在一邊，<u>杜麗娘</u>端坐在書案旁，纖手執筆，本是想臨摹前人字帖，誰知一下筆，不自覺的又寫出數日前所作的詩句。她微微一愣，擱下筆，輕嘆口氣，原本想習字的心情也沒了，走到窗邊，懶懶的倚在窗臺上，就這麼看著窗外的天空發愣。

<u>春香</u>端著剛沏好的茶，才走進房門，就見<u>杜麗娘</u>憔憔的倚窗而立。她輕聲喚

道：「小姐。」杜麗娘回過頭來，見春香高舉茶盤，便無可無不可的走到桌邊坐下，接過春香遞來的茶，緩緩啜飲。

自從遊園回來之後，杜麗娘表面上看似一如往常，早晚一樣定時去向老爺、夫人請安問候，一樣上書房聽陳師傅講詩，一樣看書、習字、作針線。但其實只有春香知道，她的小姐整個神魂都不知道飛到哪去了，鎮日百無聊賴、長吁短嘆，一連十數日來都是這樣，叫她十分憂心。

看來夫人說得對，花園幽僻，年輕女子確實不應該獨自前去遊玩。看著杜麗娘連日來漸漸消瘦的容顏，春香擔心的說：「小姐，自從那日從花園回來，妳就這樣茶不思、飯不想的，睡也睡不安穩，難不成是中了邪才讓妳這樣魂不守舍，整個人瘦了一圈？若真是如此，我看那花園以後不可再去閒逛了。」

「傻丫頭，妳知道什麼？」杜麗娘淡淡一笑，神情滿是落寞。

「可是妳每天這樣落落寡歡，吃不好也睡不好，臉上的淚痕溼了又乾，乾了又溼，再不好好保養，只怕要弄出病來。再這樣整天愁煩下去，真不知道要瘦成什麼模樣了。」

杜麗娘聞言一愣，伸手輕撫自己臉龐，起身走到鏡臺前，對鏡一照，不覺呆立在鏡臺前。過了好一會兒，才幽幽的嘆了口氣，喃喃道：

　　「唉，想我杜麗娘往日豔麗輕盈，如今居然消瘦至此？」她撫了撫自己清瘦的臉頰，如此絕美容顏，還沒來得及遇到一個知心人憐惜、愛賞，竟就要委落了嗎？這是何等的悲哀呵！

　　杜麗娘轉念一想：「上天眷顧，將我生得如花似玉，若不趁此時自行描畫容顏，留在人間，一旦生死無常，誰知我西蜀杜麗娘曾有如此美貌？」想到這裡，她回身喚道：「春香，取畫布顏料過來。」春香答應一聲，連忙出去準備，這可是小姐這幾天來，難得一次打從心裡想做些什麼事，她可得趕緊為小姐準備好。

　　看著鏡中的自己，杜麗娘不禁落淚，嘆道：「我如此容貌，豈知今日卻只能親手為自己描繪容顏。」

　　「小姐，畫布顏料準備好了。」春香將一面菱花鏡架在桌上，各色畫筆、顏料齊備，整齊的排列在素絹旁。

　　杜麗娘點點頭，伸手將畫布整平，執起筆來，仔細端詳鏡中的自己，細細的在畫布上描出輪廓。畫個幾筆，就對照一下鏡中的影像，一筆一筆，輕描柳黛

眉，點染櫻桃口，渲畫一頭青絲。畫到眼睛時，更加著意小心，生怕一個失誤，便毀了整幅畫。

畫了個大概之後，<u>杜麗娘</u>停下筆審視著畫面，感覺單單畫個人物似乎稍嫌單調，凝神細思一會兒，下筆在手上畫出一枝青梅，在身後畫一樹芭蕉，感覺便像一幅仕女行樂圖一般。

描繪完畢，<u>杜麗娘</u>擱下筆，小心的吹著畫布，回身問道：「<u>春香</u>，妳瞧，我畫得還像嗎？」

<u>春香</u>走上前去，看看畫，又看看人，拍手笑道：「畫得很像哪！就像一個模子印出來似的，只可惜畫面好像還空了點。」

「空了點？」<u>杜麗娘</u>訝異的看著畫布，問道：「這怎麼說？」

<u>春香</u>指著畫中<u>杜麗娘</u>身邊的留白處，笑道：「這裡少畫了個姑爺在旁邊呀！小姐，要是妳的終身大事早早的定了，這會兒不就可以畫一對神仙美眷在上頭了嗎？」

被<u>春香</u>無意間說中心事，<u>杜麗娘</u>不禁羞紅了臉，啐道：「瞎說。」

看著春香指出的留白處，她頓了頓，輕拉了下春香的衣袖，悄悄的在她耳邊道：「春香，我不瞞妳說，其實……其實之前在花園遊玩時，我的心裡已經有個人兒了。」

春香驚訝的瞪大眼，不可思議的問道：「小姐，怎麼有這等事？什麼時候發生的事啊？」

「是夢裡見到的。」杜麗娘似羞還喜的說著，眼神中仍是無限眷戀之情。「原本我也想把他畫進畫裡，但就怕洩露心事，要是被外人瞧見了，只怕遭人恥笑。」

「小姐，妳把他的容貌記得那麼清楚啊？」

「豈止容貌，夢裡他的一言一行，我通通記得。」說到這裡，杜麗娘福至心靈，突然驚喜交集的說：「春香，在那夢裡，那書生曾折一枝柳枝相贈，要我題詠。莫非是我日後所嫁之夫姓柳，因而才有此夢作為預兆？」

春香愣愣的看著杜麗娘，一時不知道應該接什麼話，只聽得杜麗娘接著說道：「我想作詩一首，將此意暗藏在詩中，題在畫卷之上，妳看如何？」

「小姐作的詩自然是好的，我來磨墨。」

杜麗娘提起筆，微一沉吟，便在畫卷上題道：「近睹分明似儼然，遠觀自在若飛仙。他年得傍蟾宮客，

不在梅邊在柳邊。」

　　題罷，杜麗娘放下筆，細細端詳畫卷，想起幽夢虛幻，不禁嘆道：「春香，古來女子若自己手繪形容，往往用來寄與情人，哪像我杜麗娘，天上人間，沒個人堪寄，何等淒涼寂寞。」

　　「小姐……。」春香見杜麗娘心情再次低落，也不知如何勸慰。

　　杜麗娘輕嘆一聲，小心翼翼的收起畫，交給春香，吩咐道：「把這畫拿給小廝，叫他悄悄拿出去裱。記得要吩咐店家，要他們手腳俐落些，裱得牢靠點，別弄髒了畫。還有，別隨便讓人看到，要是不小心有人看到，問起這畫，記得要店家別胡說八道，知道嗎？」

　　「是。」春香答應著，又問道：「小姐，那裱好之後要放在哪兒？」

　　杜麗娘想了想，有些落寞的說：「放在哪兒也都沒人欣賞，就找個匣盒，仔細收著便是。」

　　「知道了，我這就去吩咐。」

　　看春香無憂無慮的跑出去，杜麗娘心中不禁羨慕她的天真不知愁，自己已經好久沒有那般心情了。愣了一會兒，她緩緩的踱向窗邊，心裡還是回味著夢中情景，猛然一陣頭暈目眩，杜麗娘身子一軟，連忙扶

著一旁的茶几。

　　春香回到房中，就見杜麗娘靠著茶几，嬌喘微微，連忙上前扶起，問道：「小姐，妳怎麼啦？」

　　「沒事，或許是畫了一個下午畫，太過勞累了。妳扶我到床上躺躺。」杜麗娘略顯虛弱的笑道。

　　春香扶杜麗娘在床上躺好，為她蓋好棉被，憂心的站在床邊，不敢離去。杜麗娘強撐著精神，對春香笑道：「春香，妳別擔心，我沒事的，躺一會兒就好了，妳也去歇著吧。」

　　春香這才放心離開。主僕二人此時都沒想到，杜麗娘這一躺，居然就躺了大半年的光景。

牡丹亭

第四章　離　魂

　　流光易逝，轉眼已是秋涼時節，西風颯颯的吹拂過小樓深院，將院中最後幾片梧桐葉捲落枝頭，光禿禿的枝椏，在陰霾的秋色中，更顯淒清。

　　杜夫人探視完女兒的病，在春香的陪同下走出杜麗娘的閨房。半年前，杜麗娘突如其來的生了一場病，本以為只是偶感風寒，請醫生調治一番也就會好，哪裡知道她就此纏綿病榻，病情忽好忽壞的拖了大半年。半年來，不知看過了多少醫生，吃了多少藥劑，杜麗娘的病情卻總是沒有起色，急得杜夫人白髮平添，憂心不已。

　　這幾日來，杜夫人前思後想，越想越覺得奇怪，總覺得女兒的病來得太離奇，病中情狀也似乎不大尋常。什麼樣的病會讓人這樣忽喜忽憂、精神恍惚的呢？看她那病徵，也不像一般的風寒，叫她不由得暗自懷疑。

　　走出房門，杜夫人拿出手絹拭淚，心想春香隨侍

在女兒身旁，女兒的病若事出有因，春香一定知道，眼下女兒睡著，正好仔細問問。開口命春香隨著跟到偏廳，杜夫人坐在堂上，面色凝重的問道：

「小姐這幾日睡得好嗎？吃了些什麼沒有？」

「還是那樣啊，夜裡睡睡醒醒的，老是作夢，白日裡什麼也不想吃，今天好不容易才勸她吃了些雞湯呢！」見夫人臉色冷凝，春香不由得惴惴不安。

「大夫怎麼說來？」

講到大夫，春香搖頭嘆道：「說來說去，都說小姐是被天候所感，偏偏吃了藥也不見效，針灸來，針灸去，我瞧也只是瞎折騰。」

「那就是沒有好轉了。」杜夫人皺起眉頭，心想大夫越是看不出端倪，這病就越叫人起疑，只怕這事真與女兒心事有關，莫非⋯⋯女兒在父母不注意的時候，做下了什麼事來？

一念及此，杜夫人不由得暗暗心驚，她瞪了春香一眼，沉聲喝道：「春香，我問妳，妳平日陪著小姐究竟都做了些什麼，怎麼小姐好端端的會生起病來？妳到底是怎麼侍候小姐的？」

春香被這麼一喝，不禁嚇出一身冷汗，連忙跪下道：「春香依著老爺、夫人的交代，服侍小姐生活起居、

讀書繡花，實在不知道小姐怎麼會這樣莫名其妙的病起來。」

「哼！妳倒也知道小姐病得不尋常，依我看來，小姐害的只怕是相思病，而這相思的對象嘛，肯定就是妳這賤婢從中穿針引線！」

春香聽了這話，嚇得魂飛天外，連連搖手，急急辯解：「夫人明察，那是絕對沒有的事啊。別說春香不敢，就算春香敢，小姐養在深閨，大門不出，二門不邁的，春香如何引逗呀？」

對於這點，杜夫人也是感到懷疑，但女兒病得奇怪是事實，若不在春香身上問出實情，只怕她獨生愛女的命就要不保了。她冷哼一聲，道：「我看不打妳，妳是不會老實說的，來人，取家法來！」

春香暗暗叫苦，這子虛烏有的事，是要她從何說起啊？看來這番皮肉痛是逃不過了。忽然間，腦海中閃過一事，她連忙道：「夫人別打，小心扭了手。我想起小姐說過一件事，只怕和小姐的

病有關聯。」

「什麼事？快說！」杜夫人將家法放在桌上，臉色微微泛白，沒想到她最擔心的事居然真的發生了。

「就今年春天，和小姐去遊花園被夫人撞見那次。小姐說她在花園裡遇見一個年輕英俊的秀才，折了根柳枝送她，還要她題詩，小姐說她和那秀才素昧平生，所以就沒給他題詩了。」

「自然不能題詩，那沒題詩怎麼會病了呢？後來怎麼樣？」杜夫人心情七上八下的。

春香看了眼夫人的臉色，吞吞吐吐的說：「後來，那……那秀才，和小姐就遊花園去了呀。」

「什麼！」杜夫人大驚，一對少年男女去遊花園，還能做出什麼好事，女兒的閨譽這下都毀了。杜夫人拿起家法，瞪著春香，怒道：「春香！那秀才肯定是妳這賤婢勾引進來的，不然咱們府裡的花園，哪裡來的秀才？我今天非把妳打死不可！」

春香忙拉住杜夫人的手，著急的說：「夫人！那是夢！小姐說的是夢呀！」

「是夢？」杜夫人一愣，回心一想，如此便說得通了。她點點頭，又問：「小姐還說過什麼沒有？」

「沒有了，就這件事。」春香見夫人放下家法，

鬆了口氣，小心翼翼的問道：「夫人，那您知道小姐為什麼病了嗎？」

「撞了邪啦！唉，早說了女孩子家年輕，別到花園那等幽僻之處去閒逛，這下不就逛出事端來了嗎？我看麗兒只怕是被花妖木魅給迷住了。」杜夫人搖搖頭，對著春香叮囑道：「妳回房去吧，好好侍候著小姐，要是有什麼不對勁，立刻來說給我知道。」

遣走了春香，杜夫人在偏廳來回踱步。雖然已經知道女兒的病可能因何而起，但一時之間又不知該如何是好。轉念一想，既然女兒的病是花妖作祟，那可得趕快請人來除祟才是，這種事拖得越久只怕越是麻煩。

才想著要去喚人，杜寶便跨進廳來，杜夫人連忙上前道：「老爺，你來得正好，女兒的病只怕是被妖魅給迷住了，咱們快請巫師來除祟祈福一番吧。」

「夫人，這等怪力亂神之事，豈可輕信？妳未免太迷信了。」杜寶不以為然的說。

「哎呀，老爺你不懂，女兒這病病得奇怪，整天嬌娜無力，忽笑忽啼，原來是因為女兒春日裡到後花園去逛了一遭，回來夢到一個秀才，這才種下病來，那秀才只怕是花園中的精怪幻化出來迷惑女子的。」

杜夫人扯著杜寶的衣袖，神情十分緊張。

杜寶皺眉道：「我請陳師傅來講書，便是要女兒拘束身心，妳當母親的，倒縱容女兒到花園閒遊，這是何道理？」

「老爺，事有輕重緩急，此刻你說這些幹什麼？請人救治女兒要緊啊！」

杜寶擺擺手，道：「請巫師禳解*實非正道，陳師傅醫理精深，我已請他去為女兒診脈息了。妳要還是不放心，便請紫陽宮的石道姑持誦一些經卷便是，至於巫師什麼的，就免了吧！」

杜夫人無法，只得依杜寶的話去做，嘴裡不免咕噥道：「依我看，若早早替女兒招個女婿，也不至於有今日之事。」

「胡言亂語！自古男子三十而娶，女子二十而嫁，女兒不過一點點年紀，她知道什麼？

*禳解：透過祭祀祈福，以求消災解禍。

不過小孩子家罷了，哪裡知道什麼男女之情。」杜寶微微一笑，低頭啜了口清茶。

杜夫人搖搖頭，白了丈夫一眼，道：「女孩子家的心事，你哪裡知道？唉，只希望陳師傅真能將麗兒治好，我就這麼一個獨生女兒，如果有個三長兩短，我可怎麼活啊！」說著忍不住哭了起來。

杜寶見夫人傷心，也不禁悲從中來，他拍拍杜夫人肩膀以示安慰。抬頭看天，窗外正是秋高氣爽的好天氣，家中偏偏如此多事，今早又聽說江淮一帶有賊寇侵擾邊疆，不知此刻狀況如何。他雖官居一郡之首，但其實也只希望家中老小均安，天下太平，便心滿意足了。

春香端著煎好的藥走進房中，就聽見床帳裡傳來杜麗娘斷斷續續的咳嗽聲，她把藥放在桌上，上前去輕輕的揭起素帳，就見杜麗娘已然醒轉，正掙扎著要起身。春香見狀，連忙上前扶住杜麗娘，輕道：「小姐，妳身子還沒好，怎不好好躺著休息，偏要這樣亂動呢？」

「我躺得好累，想起來坐坐。」杜麗娘虛弱的說著。

「那怎麼不叫我一聲呢？我就在外邊煎藥啊！」春香先將一邊床帳掛起，再小心翼翼的扶起杜麗娘。

杜麗娘淒然一笑，道：「哪裡知道我居然病到這般田地，連要自己坐起來都沒氣力了。」

春香扶杜麗娘靠著床邊坐定，在她身後墊了個軟墊，讓她可以坐得舒服一些。她回身端來湯藥，一小口一小口的服侍杜麗娘喝下。杜麗娘喝了幾口，感到一陣噁心，她搖搖頭，表示不願再喝，春香苦口婆心的勸了幾句，她才勉強又喝了幾口。

喝完藥，杜麗娘靠在軟墊上喘著氣，偶爾夾雜著幾聲輕咳。春香在她背上輕輕拍著，為她順氣，見小姐病勢日益沉重，春香心裡不免憂慮。之前，老爺、夫人請來陳最良和石道姑，一個診脈，一個除祟，本以為這樣雙管齊下，小姐的病遲早會好轉。哪裡知道兩個人雖然先後來過，但小姐的病非但沒好，反而更見沉重，現在病得連下床的力氣都沒有，整個人暈忽忽的，病得糊裡糊塗，面容也越發憔悴。只是那瘦弱的身姿，羸弱的氣韻，卻讓她跟個病西施一般，精神楚楚，我見猶憐。

「春香，我自從那日春遊一夢，臥病至今，身子雖然沒什麼疼痛，但卻嬌軟無力，神智昏昏，如痴如

醉，也不知道是怎麼了。」
杜麗娘輕喘的說著。

「小姐，妳要放寬心，那夢裡的事多想無益，還提它做什麼呢？」
杜麗娘淡笑不語。

唉，要她怎能不想呢？那日的情景雖說是夢，卻是她十六年生命中最快樂的時刻，那樣安適舒心的感受，那樣輕憐蜜意的呵護，讓她從春天至今，時時刻刻眷戀不已。

在夢中，她將自己的心許給了那秀才，儘管醒來之後似乎一切成空，她也全然不悔。只是對比著此刻虛弱的病體，沒有秀才憐惜的寂寞淒涼，尖銳的情緒逼在心頭，叫她不禁心碎神傷。

「世間何物似情濃呵！」杜麗娘一聲輕嘆。

「我的好小姐，妳就別再胡思亂想了，好好的把身子養好吧。」春香憂心忡忡的說著。

杜麗娘笑笑的點點頭，忽聽窗外風聲正緊，吹得屋簷上掛的風鈴叮咚直響。她半瞇著眼，有氣無力的問道：

「我病了這些日子，都不知現在是什麼時候了？」

牡丹亭

春香幫杜麗娘攏緊被褥，答道：「八月十五了，小姐。」

「啊！已經是中秋了嗎？」杜麗娘驚道，心下尋思：「記得先前聽陳師傅為我診脈時，說過我的病中秋是個關鍵，如今卻越發沉重，我杜麗娘這病，只怕是好不了了。」

想到這裡，杜麗娘不禁長嘆一聲，見房中門窗緊閉，便道：「春香，今日既是中秋佳節，妳替我將窗子打開，望一望究竟月色如何？」

春香點點頭，將窗戶推開一個細縫，卻見外邊天色昏黑，細雨淅瀝瀝的落著，她秀眉微蹙，心裡暗叫不好：「哎呀！怎麼偏偏下起雨來了，只怕小姐覺得兆頭不好。」轉念一想，她故作開心的叫道：

「小姐，月色朦朧，細雨微微，景致甚好呢！」

杜麗娘聞言一愣，隨即便知今日風雨飄搖，根本無月，春香是在哄她呢！她也不說破，感覺冷冷的秋風陣陣從窗縫中捲入，她攏攏衣襟，輕嘆一聲。從春天到秋天，她那場美夢，在光陰的淘洗之下，簡直消散得無影無蹤。母親和春香都認為她是在花園中了邪，只有她清楚的知道那不是精怪作祟，就算人去無蹤，今生難逢，她還是相信那秀才的存在。

她閉上眼，兩行清淚落下，她知道她是活不成的了。杜麗娘輕咳兩聲，春香連忙關上窗，問道：「小姐，是不是要把懷爐拿來暖著？」

「不用了。」杜麗娘指著床邊的矮凳，示意春香坐下。春香乖乖的坐到杜麗娘床邊，見她面白如紙，形銷骨立，忍不住心中酸苦。

杜麗娘見春香眼眶微紅，她淺淺一笑，拉著春香的手，柔柔的說：「春香，咱們從小一起長大，妳一直盡心盡力的陪著我，要不是有妳，在這深閨之中，長日無聊，我真不知道要怎麼過。如今，我這身子只怕撐不住了——」

「小姐！」春香不贊同的低聲叫喚，豆大的眼淚已經忍不住，撲簌簌的落了下來。

杜麗娘搖搖頭，不讓春香打斷她的話，接著說道：「春香，我是最信任妳的，我死之後，妳要好好幫我侍奉爹爹、母親，知道嗎？」

「小姐，那本來就是春香該做的呀！妳不要多耗精神，還是歇著吧！」說著，便要扶杜麗娘睡下。

杜麗娘猛地拉住春香的手，道：「春香，我想到一件事，我那幅畫像，有題詩在上，詩中藏有我的心事，若是給人看見了不太好。我死之後，此物不要陪葬，

牡丹亭

妳另外拿一個紫檀木匣子裝著，把它藏在園裡假山石塊底下。」

「這是為什麼呀？」春香詫異的問。

「將來如果有緣，我夢裡的那個秀才或許會看見，或許他會好好珍惜我的畫。」杜麗娘神色悠遠的說著。

春香聽著，愣愣的落下淚來，哭道：「小姐妳要放寬心哪！妳如今身子不好，如果有個三長兩短，魂魄孤孤單單的，太過淒涼。妳若肯好好調養休息，等到身子好轉，稟過老爺，看有個姓柳姓梅的秀才，招選一個，夫唱婦隨，豈不是很好嗎？」

「只怕……只怕我活不到那時了。」才說著，杜麗娘突然間猛咳起來，咳了幾聲，氣一岔，人便暈了過去。

春香一看，嚇得魂飛天外，哭著叫道：「不好了，不好了，老爺、夫人快來啊！小姐昏倒啦！小姐，小姐！」

杜寶和杜夫人聽見春香叫喚，連忙趕到房中，只見杜麗娘昏倒在床畔，春香忙著浸溼毛巾替她擦臉。

杜夫人哭著奔上前去，抱著杜麗娘喚道：「麗娘，我的兒啊！」杜寶站在床邊，見女兒病得如此嚴重，不由得老淚縱橫。

只聽杜麗娘嚶嚀一聲，悠悠醒轉，見父母都在床畔傷心落淚，她的眼淚也如斷線珍珠般流個不停。她強撐著坐起，道：「春香，扶我起來。」

　　「孩子，妳躺著歇息，別過度勞累了精神。」杜寶叮嚀著。

　　杜麗娘恍若無聞，見春香沒有反應，再次喚道：「春香，扶我起身。」

　　「小姐妳這是……」春香一語未完，只見杜麗娘已經掙扎著下了床，她連忙上前扶住她。

　　「爹娘請堂上安坐，讓女兒拜謝養育之恩。」杜麗娘腳步虛浮，渾身無力的顫抖，全仗春香的扶持才能勉強站立。杜寶與杜夫人哭著一同坐定，杜麗娘盈盈下拜，一個踉蹌，整個人撲跌在地。

　　杜夫人連忙上前扶起女兒，讓她坐回床上靠著，哭著說：「不要拜了，不要拜了！這時候還拘什麼虛禮，為娘的只要妳好起來，不要妳謝什麼養育之恩哪！」

　　「爹、娘，女兒不孝，只怕要讓你們白髮人送黑髮人了。」

　　杜夫人聽了更是泣不成聲，杜寶頻頻拭淚，強作鎮定的問道：「我的兒啊，休說傻話，爹爹在此，可有什麼事要爹爹幫妳準備？」

牡丹亭

杜麗娘目光悠遠的看著花園方向，氣若游絲的道：「爹爹，女兒即將不久人世，只求爹爹依我一事。」見杜寶慎重的點了點頭，杜麗娘才接著說道：「那後花園之中，有一株梅樹，是女兒心愛，女兒死後無須歸葬鄉里，只盼可以葬在梅花樹下，就心滿意足了。」

　　杜夫人聞言一愣，看著丈夫，道：「這話是從何說起呢？」

　　杜寶見女兒強撐著一口氣，一臉企盼，不忍讓女兒失望，便點頭應允了。杜麗娘見父親答應，心中喜悅，忽然間迴光返照，對著父親道：

　　「爹爹，咱們到廊下去吧！」說著便要起身，春香忙上前去扶持，杜夫人也在一邊扶著女兒。

　　四人走到前廊，杜麗娘笑著對父母親說：「爹、娘，你們瞧，今兒已是中秋了呀！」

　　杜寶和夫人強忍著眼淚，附和道：「是啊，是中秋了。」

　　杜麗娘看著廊下的細雨不絕，幽幽的道：「唉，偏偏遇了這一夜的雨。今年中秋怎麼好像比往年都冷啊？」

　　一語未完，杜麗娘突然幾聲輕咳，只覺喉頭一甜，又一聲咳嗽，居然咳出血來。杜氏夫婦與春香見狀大

牡丹亭

驚失色，只見杜麗娘雪白的衣裙上，濺上點點血痕，
猶如冬雪之中盛開的紅梅那般淒冷絕豔。

　　杜麗娘忽感頭暈目眩，身子一軟，整個人跌在春
香懷裡。春香連忙扶著她，口裡連聲哭喚，杜寶夫婦
見女兒此時情狀已是出氣多，入氣少，抱著女兒也是
哭著叫喚不絕。

　　三人聲聲叫喚雖然就在耳畔，杜麗娘卻恍若未聞，
她只覺得自己的身子似乎輕輕飄起，鼻間彷彿又聞到
春日的花香氣息，眼前依稀又見那書生煦如春日的容
顏，杜麗娘悠悠低喚：「秀才，秀才……。」

　　忽然間一陣西風吹過，寒浸浸的夜裡，風雨不知
何時停了。杜麗娘輕嘆一聲，抬眼看見秋夜的天空，
厚厚的烏雲正在迅速飄飛散開，一束月光從雲中悄悄

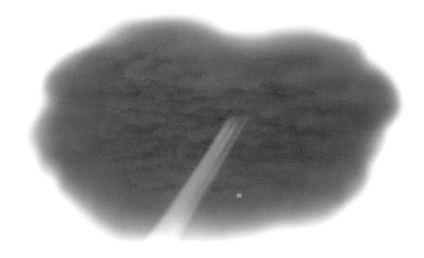

的映射出來。看著月光，杜麗娘微微一笑，忽然間覺得好累好累，她緩緩的閉上眼，軟倒在父母懷裡。

月光映射在杜麗娘雪白的臉龐上，杜寶看著女兒雖死猶生的面容，心中沉痛不已。杜夫人淚眼矇矓，傷心至極，看著丈夫將女兒屍體放到床上，忽然間胸口劇痛，一口氣喘不過來，暈倒在床前。

「夫人，夫人！」杜寶見杜夫人突然暈厥，知她是急痛攻心，連忙讓春香扶起她，自己伸指在她鼻下的人中穴按壓。春香緊張的在一旁哭個不停，兩人正忙亂間，門外忽然傳來總管著急的叫喚聲。

「老爺，老爺，有朝報*到府。」

杜寶聞言微訝，正待出門一探究竟，杜夫人恰好在此時醒轉，杜寶見杜夫人醒來，勸道：「夫人，這是妳我命數如此，實是無可奈何，妳如今就是哭壞了身子，女兒也活不過來了，還是保重身子為是。」說話間，他自己也忍不住又落下淚來。

杜夫人眼見丈夫落淚，更是抽抽噎噎的哭個不住，杜寶擦乾淚痕，勉強打起精神，道：「總管報說有朝報到府，我得去瞧瞧。春香，妳幫著夫人替小姐換衣裳，

---

* 朝報：朝廷用以刊布政令的公報。

杜丹亭

整理整理。」

春香哽咽的答應了，杜寶點點頭，轉身出門。總管正站在門外，見老爺臉上猶有淚痕，便知小姐已經逝世，他不敢多言，面容嚴肅，恭敬的將朝報遞到杜寶面前。杜寶無心細看，揮了揮手，總管會意，打開朝報，念道：

「吏部有本，奉聖旨：金寇南侵，南安知府杜寶可陞安撫使，鎮守淮揚。即日啟程，不得違誤。欽此！」

杜寶聽完，眉頭一皺，女兒後事未辦，朝報卻催人北往上任，他略一沉吟，對總管吩咐道：「去請陳師傅過來講話。」

總管離去後，杜寶回到房中，見杜夫人與春香已將杜麗娘整理妥當，杜夫人拭淚問道：「朝報說些什麼？」

「皇上有旨，命我即日北上就任安撫使，鎮守淮揚。」

杜夫人聞言，驚訝的問：「那女兒的後事可怎麼辦才好？」

「朝旨緊急，是拖不得的。我已請陳師傅過來，便將事情交付他吧。」話未說完，總管已將陳最良請到，杜寶連忙請陳最良入內，說道：「陳先生，在下奉

旨，不得久停，有事煩勞您了。」

陳最良道：「大人儘管吩咐，但有所命，無有不遵，也算略盡我與小姐的師生之情。」

「小女臨終遺言，盼能葬於後花園梅樹之下，我已答應她了，但如此一來，只怕此處不便下任官員居住，因此我想將後花園圈畫起來，蓋座梅花道觀，安置小女靈位，再請紫陽宮的石道姑焚香看守，至於往來看顧、祭田收租等諸多瑣事，就要勞煩先生您了。不知如此安排，先生以為如何？」

陳最良點點頭，道：「如此甚好，大人考慮得相當周詳。」

「陳先生，小女後事便委託您辦理了。」杜夫人上前向陳最良行了個大禮，陳最良連道不敢。

一切事情交辦妥當，翌日清晨，杜寶便領著夫人、春香以及家僕忙忙亂亂的赴淮揚就任去了，只留下陳最良與石道姑在此地處理杜麗娘的後事。

第五章　冥　判

　　想起來了，一切都想起來了！

　　杜麗娘的魂魄從回憶中回過神來，這才注意到自己站在奈何橋上，身旁圍繞著一群面色凶狠猙獰的鬼差，她吃了一驚，嬌怯怯的身子顫抖著，像是要將三魂七魄給抖散掉似的。

　　就在她驚疑不定，恐懼萬分的時候，忽聽冥府鬼域闃黑的天空中傳來一聲悶雷，像是在命令著什麼，圍著杜麗娘的這群鬼差突然逼上前來，嚇得杜麗娘閉上雙眼，不敢動彈。只聽見圍著她的鬼差在她身邊厲聲呼喝，開始用力的拉扯她的手銬腳鐐，杜麗娘在他們的拉扯下，腳步一個踉蹌，險些就要摔到奈何橋下。鬼差並未因此停下，反而更加用力的拉扯著她，杜麗娘吃力的跟上他們的腳步，渾然不知自己會被帶向何方。

　　此時，冥府兩扇沉重巨大的門緩緩開啟，鬼差們拉著杜麗娘往冥府大堂而去。一路上依舊是一片死寂陰暗，偶爾只見幾點幽暗不明的鬼火閃過，來往的夜

叉、鬼差臉色陰森詭異，嚇得杜麗娘不敢多看。

偌大的冥府大堂，僅有一張方桌擺在堂上，兩邊陰森森的站立著衙役打扮的鬼卒，大堂四角的燈座上，燃放著碧瑩瑩的燭火，更添詭譎。雖然堂上沒有任何駭人的刑具，但此地就是叫人不自禁的凜然生懼。

鬼差將杜麗娘用力的拉到大堂上，她跪跌在地，耳邊聽見一聲駭人低喝，讓她驚懼不已的跪在大堂中央，簌簌發抖。此時，一名領隊模樣的鬼差恭敬的對著黑暗的堂上稟報：

「啟稟判官，女魂杜麗娘帶到。」

「嗯。」一聲低沉的輕哼從黑暗中傳來，聲音雖然輕微，隱含的威嚴卻叫人不敢小覷。

只見眼前的黑暗裡，坐著一個頭戴金冠，身上穿著紅色官袍的男人，想來便是判官。那判官長得雖不像鬼卒那般駭人，但一臉嚴正剛毅，氣勢驚人。在祂身邊，有四個小鬼隨侍在側，眼裡不時的發出油油綠光。

杜麗娘經過奈何橋時發生的異狀，早有鬼差報與判官知曉，判官看了看手中的生死簿，抬眼看了杜麗娘一眼。這一看卻不禁詫異，祂雖已聽屬下報知這鬼魂看來一如生時，但卻沒想到是這樣一副生氣盎然的模樣，更沒想到是這樣一個貌美絕倫的少女。

「抬起頭來。」判官威嚴的命令聲傳來，<u>杜麗娘</u>恐懼得渾身發抖，不敢不遵，她怯生生的抬起頭來，眸中精光四射。

「這女鬼倒有幾分姿色。」判官嘖嘖稱奇的道。

聽得這話，旁邊的小鬼賊兮兮的湊在判官耳邊道：「大人，不如將這女鬼收做後房夫人，豈不甚美！」

<u>杜麗娘</u>聽了，心中暗暗叫苦，只聽得那判官一聲斷喝，罵道：「休得胡說！現有天條在此，擅欺孤者魂者斬，你們可得仔細！」

眾小鬼聽得此話，不敢再言語。判官看看生死簿，又看看<u>杜麗娘</u>，不明白杜麗娘這個鬼魂何以與眾不同，直覺其中似乎出了什麼問題，便問道：

「杜氏，妳是何方人氏？生時可曾許人？因何殞命？有無冤情上報？且細細說來。」

<u>杜麗娘</u>暗吁口氣，聲細如蚊的道：「回稟大人，奴家乃<u>西蜀</u>人氏，不曾許過人家。只因今年春日，偶然間到<u>南安府</u>後花園中遊玩，因惜春感傷，不覺一夢，夢中遇見一名秀才，留連眷戀，甚是多情。夢醒之後，情意繾綣*，相思感傷，輾轉成病，故此殞命。」

---

* 繾綣：情意如絲纏繞，深刻難分。

判官聽聞此語，雙眉一揚，道：「胡言亂語，世間哪有一夢而亡的道理？妳說在夢中見一秀才，那本判問妳，那秀才何在？」

　　「奴家不知。」杜麗娘黛眉皺起，神色幽怨。

　　「莫非是妳在夢魂中為人所迷？或是妳與人密約偷期於後花園中，卻謊稱是夢，還不照實招來！若有一字虛言，本判便將妳打落無間地獄，受盡無邊苦楚。妳可別以為我這冥府，容得妳如陽世衙門那般利舌巧辯。」判官怒聲一喝，堂上鬼卒紛紛咆哮。

　　「大人明鑑，奴家一向守禮，豈有密約偷期之事！所言句句屬實，一切確實是夢。」

　　「喔？真有此事？」判官仍是半信半疑，略一沉吟，心中已有想法，喝道：「來啊！喚取南安府後花園花神前來對質。」

　　判官喝聲剛落，冥府正堂中忽然憑空現出一道霹靂，一團花瓣從霹靂中湧出，一陣陣不屬於地府鬼域的馥郁花香傳來，南安府花神已站立在正堂中央，向著堂上的判官行禮：「判官大人，小神有禮。」

　　「嗯。」判官摸摸鼻子，忍住打噴嚏的衝動。這冥府中除了腐朽陰溼的氣味外，何時有過如此花香，薰得鬼卒們都忍不住打起噴嚏來了，要不是祂這判官

道行高，只怕也忍不住。祂袖子一揮，將滿室的花香盡皆掩去，才指著杜麗娘，皺眉道：

「花神，這女子是誰祢可認得？」

「回稟判官，小神認得，此女乃西蜀杜麗娘。」花神因為花香被判官掩去，被冥府的氣味逼得有些不適，想再把花香綻放出來，卻又不敢在人家的地頭上放肆，只盼早早回完話，儘快逃出這叫人窒息的死亡氣味。

「這女子說她是遊花園之後，一夢而亡，此事當真嗎？」

花神向著堂上拱手回道：「此事屬實。因此女與秀

才在夢中愛得纏綿悱惻，兩心相許，醒來後因刻骨相思而亡。」

「大膽！」判官突然虎目圓睜，驚堂木一拍，喝道：「莫非是祢這花神假冒秀才，迷誤人家閨女！」

花神大吃一驚，急道：「豈有此理！我花神只管開花，豈敢犯下此等大罪。我怕杜小姐作夢之時，為花妖木魅所侵，還喚起眾花精為她護住元神，最後還送她香魂歸至房中。如此作為，豈容祢隨意汙衊！」祂一氣之下，雙手亂搖，袖中的百里清芬微溢，香氛頓起，花神便顯得精神不少。

「喔？這樣說來，這女子真是因為夢中與秀才相戀，以致相思而亡囉？」到此地步，判官也不得不信了。祂輕撫髯鬚，又問：「如此說來，此女身上亦無冤屈囉？」

「這小神就不知道了。」

判官掐指算了一會兒，看向<u>杜麗娘</u>，喝道：「既無冤屈，此女又是因戀慕相思而亡，那就貶到鶯燕＊隊裡

牡丹亭

去吧！」

「判官且慢！」花神見判官驚堂木一拍，便要退堂，連忙道：「這女子雖然相思而亡，但實乃夢中之罪，有如鏡花水月，且其父為官清正，又單生一女，還請判官從輕發落。」

「喔？杜氏，妳父親是何人？」

「家父杜寶，現陞任淮揚總制之職。」杜麗娘輕聲回答。

「原來是個千金小姐。也罷，瞧在杜老先生分上，此案當奏過天庭，再行議處。」判官正欲在生死簿上將此案判定，卻聽見杜麗娘深吸一口氣，顯然好不容易才凝聚起勇氣，怯生生的問道：

「敢問判官，不知如此傷感之事，何以會發生在奴家身上？」

判官瞅了她一眼，淡淡的道：「這是命中注定，三言兩語哪裡說得清！」

杜麗娘閉上雙眼，緩緩吐息，力持平靜，雙頰微紅的問：「再請問判官，可否替奴家查查，奴家的丈夫，

＊鶯燕：比喻姬妾或妓女。

不知是否姓柳？」

　　判官斜眼瞄了她一眼，似乎覺得杜麗娘都已經因戀慕相思至死，居然還執迷不悟，祂嘆了口氣，細看生死簿上所註，這一看，不禁心下詫異，只見上頭註語寫道：「嶺南柳夢梅，乃新科狀元，其妻西蜀杜麗娘，前係幽歡，後成明配，相會在梅花觀中。」

　　看了這註語，判官暗自稱幸，險些就鑄下大錯，要是祂真將杜麗娘判進鶯燕隊裡，日後只怕吃罪不起。祂偷覷杜麗娘一眼，見她一臉殷切的望著祂，便知她雖只一夢，卻用情甚深，祂雖感不解，仍道：

　　「是有個柳夢梅，與妳有姻緣之分。」

　　杜麗娘聞言大喜，她就知道這夢絕非虛妄，果然，她與他是有緣的。可惜，如今她已經死了，緣分成空，用情再深也是枉然了。想到這裡，原本喜悅的她，變得一臉凄楚，珠淚盈盈。

　　判官此時對杜麗娘之事不敢再稍有輕忽，祂仔細研究了一會兒，算出杜麗娘雖然陽壽未終，但畢竟已死，命中注定有數年陰命。祂想想「前係幽歡，後成明配」之意，便道：

　　「此人既與妳有姻緣之分，本判官如今放妳出枉死城，好讓妳隨風遊戲，跟隨此人，日後尚有安排。」

聽聞此語，杜麗娘喜出望外，一時不知如何反應。花神站在她身旁，忍不住提醒她道：「杜小姐，還不謝過判官大人。」

杜麗娘連忙叩頭道：「杜麗娘拜謝恩官大人。」她身子一頓，忽然想到什麼，想要開口，卻又不敢。判官見她欲語還休，有心要彌補之前險些錯判的失誤，便道：「有事但說無妨。」

「大人恩同再造，只是奴家父母遠在揚州，生死兩隔，不知能否一見？」

判官撫鬚笑道：「此事容易。花神，祢可領她去望鄉臺隨意觀望。」花神領命，帶著杜麗娘往望鄉臺去，只見祂在臺上略一指點，望鄉臺便顯現出揚州地界，隨即現出杜寶夫婦二人的模樣。

「那便是揚州嗎？啊！爹爹、母親，看上去都瘦了不少。」杜麗娘見父母出現在望鄉臺中，不禁哭道：「爹、娘，女兒來了！」說著便要縱身躍入望鄉臺中，立即去與父母相會。

花神連忙拉住她，叮囑道：「此刻還不是妳與父母相見的時候，回去吧。」

兩人又回到冥府大堂，只見判官手裡拿著一只令牌，交到杜麗娘手中，道：「此乃遊魂路引，待會兒鬼

卒會領妳去回陽路，妳持此路引便可在冥界與陽間之間來回通行。切記，妳此時仍是陰命鬼身，夜裡可以在星月的映照下四處行走，但白日必須回到冥界，不可遭遇風吹日曬，否則便會魂飛魄散，永世不得超生。」

杜麗娘點點頭，接過遊魂路引，拜謝判官與花神，隨著鬼卒離開。判官對花神道：「此女陽壽未終，花神好好守護，千萬不要壞了她的肉身，待得破棺之日到來，命中自有安排。」花神領命而去。

「情之所鍾呵！」冥府正堂依舊陰暗死寂，判官獨自坐在堂上，喃喃自語，看著生死簿出神。堂上陰風吹來，四支碧綠燭火突然爆長，判官心下暗嘆，又有一批死魂要忙了。

第六章　魂　遊

　　杜麗娘拜別判官、花神，魂魄飄飄蕩蕩的回到陽間，看看時光，已是月上東山。她悠悠忽忽的來到舊日居所，只見畫堂蒙塵，亭臺寥落，原本的後花園，不知何時變成一座道觀。她詫異的看著門上的木匾，只見上頭題著「梅花觀」三字，觀內誦聲不絕，香煙裊裊，令她不由得精神一振。

　　幽幽的在觀中飄繞一圈，杜麗娘見觀中雖然乾淨，但往日夢中的牡丹亭、芍藥欄卻都已經荒廢，令她不禁淒涼感傷。誰知去了一趟冥府，歲月悠悠，轉眼陽世已是三年過去了，父母遠在揚州不得相見，舊時居所也已不是往日模樣，想到這裡，杜麗娘忍不住長嘆一聲。

　　這一聲嘆息雖輕，但梅花觀中猛然颳起一陣冷風，遠近四方的狗也沒來由的吠叫起來。石道姑原本在大殿準備法事，忽然聽見風聲、狗吠，她詫異的來到殿前觀看，卻又不見異樣，滿心狐疑的回到殿中，繼續

為法事作準備。

杜麗娘見梅花觀住持是石道姑，心裡非常訝異，見她回到大殿中忙碌，她身影一晃，跟著閃進大殿中。只見殿上供奉的是東嶽夫人、南斗真妃，杜麗娘連忙行禮。再仔細一看，殿上有一方牌位，竟然就是她的神主之位。杜麗娘終於恍然大悟，原來父母將她葬在後花園梅樹之下，便起了這座道觀來為她護持，難怪她可以隨意進到大殿之中，不為門神所阻。

細看道觀中的裝飾，儼然就是要做法事的模樣。只見石道姑取來淨瓶一只，裡頭供養著一枝殘梅，小心的將它安放在杜麗娘靈位之前，頂禮膜拜，口裡念念有詞的說：

「杜小姐生前因惜春愛花而亡，如今葬在梅花樹下，今日為她開設道場，舉辦法事，因此折下梅花一枝，向她供奉，只盼她能超生天界，免受輪迴之苦。」

杜麗娘見石道姑為她看守墳庵，此刻又如此虔誠祝禱，心中不禁感動。石道姑將梅花供奉好，舉起木槌，在銅磬上敲擊數下。磬聲未畢，數名小道姑魚貫而入，各自在蒲

團上跪倒，手裡拿著經卷，等待石道姑主持法事。

　　石道姑見眾人全都到齊了，銅磬一敲，先在靈前焚香禮拜，然後領著眾人念誦經卷。這已是今日的第二輪經唱，一本太上感應經，已經念到一半了。

　　耳裡聽得眾人低低念誦，前所未有的平靜喜樂在杜麗娘心中溫漾開來，自從離魂之後，她第一次有這種感覺。她緩緩飄過大殿，一陣陣冷風在她身後捲起，殿內燭火搖曳，廊下風鈴叮咚作響，一本本的經書扉頁翻飛。突如其來的風，引得道姑們一陣騷動，忽然間，冷風突然停止，道姑們面面相覷，石道姑以槌擊磬，領著眾人繼續念誦經文。

　　杜麗娘飄至供桌前，看見石道姑供在淨瓶中的那枝殘梅，半開而謝，正如她青春早逝，一時之間思潮起伏。忽然間，在密密的誦經聲中，夾雜著一聲聲專注、深情的叫喚，聽來似乎是男子的聲音，而且似乎是從邊廂別院那邊傳來。只聽得他輕輕喚道：

　　「姑娘，姑娘！我的小姐啊！」

　　這一聲聲叫喚，令杜麗娘不覺心神大為震動，她身影一閃，殿內又是一陣冷風捲起，

恰好將淨瓶中供養的殘梅捲落，片片花瓣散落在供桌上。有一個小道姑彷彿看見一個雪白身影從殿中飄出，她嚇得定一定神，更加專注的念誦經文，心裡想著待會兒一定要向師父說起此事。

杜麗娘幽幽飄出殿外，那叫喚聲依然聲聲在耳，她心中詫異至極，不知道究竟是誰在叫誰，怎麼聲音聽來好像是她在奈何橋上聽到的一樣？她一再凝神細聽，殿後偏院裡還是斷斷續續的傳來叫喚，那聲音依舊是誠誠懇懇的叫著「小姐」、「姑娘」。

「難不成是那邊廂房裡住著個什麼書生？此刻做著春秋大夢＊，因此胡言亂語不成？又或者是——」杜麗娘在心中細細尋思，突然間像想到什麼似的，心頭一緊，竟忽然膽怯起來，呆呆的望著那邊廂房發愣。

此時，殿後傳來鐘聲，震得杜麗娘如夢初醒。她正想上前去探個究竟，抬頭卻見星月已沉，東方漸白，眼看天色就要亮了。她想起判官的囑咐，戀戀不捨的望著廂房，輕嘆口氣，一個旋身，便一陣煙似的消失了。

就在她消失之際，風吹颯颯，忽地吹開殿上木門，

＊春秋大夢：比喻不切實際，難以實現的想法。

第六章 魂遊

吹得殿中布幡翻飛。石道姑一邊咕咕噥噥的叨念著怪風，一邊上前去將門掩上，一個小道姑走到她身旁，在她耳邊說了些話。石道姑聽那小道姑的形容，越聽越是詫異，心裡只想：「莫非是杜小姐死後顯靈不成？」

才閃過這個念頭，她不禁機伶伶的打了個冷顫，忙對空拜了幾拜，心想待會兒可得要大家更用心點誦經祝禱才是。

柳夢梅將儀容梳理整潔，走到牆邊，恭敬的將他覆蓋在畫上的碧紗揭起，痴痴的望著牆上的畫。自從那日觀畫之後，他便將畫掛在廂房牆上，因為擔心塵埃弄髒畫絹，還特地裁了一塊輕絹罩住。每天，看著畫，和畫中的美人說話，似乎成了柳夢梅生活中最重要的事。當他鑽研經史，細究文章時，偶然心有會意，也會對著畫訴說他心裡的感想。

有時，他也會覺得自己似乎有點痴傻，但每當他看著畫中女子的雙眼，總覺得那雙脈脈含情的眼，確實是在回應著他的一片痴心。儘管畫像從來不言不動，但柳夢梅心中就是有這樣一股篤定，篤定他和畫中的女子必然有很深的緣分，只是時候未到罷了。一旦時機到來，屆時兩心相許，一解相思之苦，這些日子的

渴求與煎熬便都不算什麼了。

　　看著畫中女子柳眉杏眼，櫻唇桃腮，<u>柳夢梅</u>再一次在畫前痴然。偶然間，他突發奇想，如果畫中的女子知道他拾到了畫，心裡不知會怎麼想？如果這畫能與本尊的神魂相通，那他日日夜夜說的那些情話、傻話，豈不是都被她聽到了嗎？想到這裡，<u>柳夢梅</u>不禁失笑，他的手指輕輕拂過畫上女子的臉龐，在心裡輕輕嘆息，可惜畫幅不能幻形成真，要不然以他這般日夜虔誠的叫喚，即便是頑石也要點頭，但這畫中的女子卻偏偏就是不願從畫中現身。如果他有神通，他多希望可以進到畫中，這樣便可長伴玉人左右。

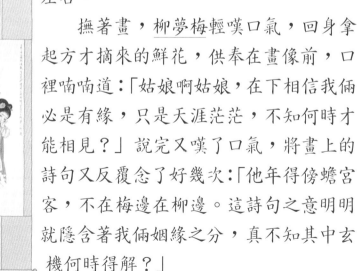

　　撫著畫，<u>柳夢梅</u>輕嘆口氣，回身拿起方才摘來的鮮花，供奉在畫像前，口裡喃喃道：「姑娘啊姑娘，在下相信我倆必是有緣，只是天涯茫茫，不知何時才能相見？」說完又嘆了口氣，將畫上的詩句又反覆念了好幾次：「他年得傍蟾宮客，不在梅邊在柳邊。這詩句之意明明就隱含著我倆姻緣之分，真不知其中玄機何時得解？」

他話聲剛落，房中忽然一陣風起，吹得畫幅微微飄動，柳夢梅連忙上前按住畫，唯恐畫有一丁點損傷。他看了看天色，原來已是二更時分，更深露重，難怪突然颳起風來，他想著哪天再找個高妙的畫工，將畫重新臨摹一幅，以免刮損。又看了畫幾眼，柳夢梅才戀戀不捨的吹熄燈火，臥床睡去。

月上中天，杜麗娘飄然來到廂房外，魂遊觀中的這些日子裡，她每天都聽到東邊廂房傳來令人心醉的叫喚聲，卻遲遲不敢前去探視。前日，她終於鼓起勇氣，悄悄的來到房中窺視，果然，那秀才正是她朝思暮想的夢中人，而且他總算沒有辜負她一番心意，對她如此一往情深，也不枉她為他一夢而亡。

因此，這幾日她都在他門外徘徊不去，聽他在房內深情的叫喚著她，低柔的醇厚嗓音叫得她心醉神迷，而她卻只能在他入睡後，穿牆而入，依戀的看著他沉睡的模樣。

今夜，她稟過判官，判官特許她現身與他相見，以接續前日夢中之緣。杜麗娘站在廂房外，欲前又止，

心情既不安又雀躍，她努力讓自己平靜下來，正打算敲門時，卻聽見房中傳來柳夢梅的叫喚聲：

「他年得傍蟾宮客，不在梅邊在柳邊。我的小姐呵……」

這一聲叫喚，令杜麗娘忍不住心中感動，淚溼雙頰。她是多麼慶幸這世間真有這樣一個男子，如此心心念念的記掛著她，如此情意深深的眷戀著她。曾經，她憂慮一切都是幻夢；她想自己就算是死了，也沒有知心人憐惜；她傷心自己貌美如花，卻終究一生孤寂，但原來他一直都在，真真實實的存在這個世上。

她輕輕拭淚，耳邊又聽見他一聲聲的叫喚，才知道他是在說夢話。杜麗娘微微一笑，素手輕揚，一陣風起，門外的竹葉沙沙響動，竹枝有一下沒一下的敲打著門板，柳夢梅猛然驚醒，迷糊中不覺叫道：「姑娘？」

柳夢梅揉揉惺忪睡眼，頭腦昏沉沉的自問道：「欸？門板扣然清響，不知是風？是人？」

話音剛落，就聽得門外一個嬌怯怯的聲音應道：「自然是人。」

聽見這柔美的嗓音，柳夢梅整個人清醒了過來，詫異的問道：「這等深夜，怎會有人前來？莫非是道姑法事完畢，送茶來了？」

門外聽了這話，響起一串銀鈴般的笑聲，道：「不是道姑。」

這下柳夢梅更是丈二金剛，摸不著頭緒，他穿上外衣，開門看個究竟。只見門外立著一個絕美的少女，一襲白衣飄飄，嘴角含著一抹輕笑，妙目流轉，極是動人。柳夢梅不曾預期會見到這樣一個美人，愣愣的站在門口，杜麗娘巧笑嫣然，身子一側，輕輕巧巧的閃身進入房內。

柳夢梅一驚，連忙掩上門，回身卻見杜麗娘向他行禮，道：「秀才萬福。」他連忙回禮，詫異的問道：「不知姑娘芳駕來自何處？為何深夜到來？」

杜麗娘正在看房中擺設，聽見柳夢梅詢問，回眸笑睇，道：「秀才何不猜猜？」

柳夢梅見她含笑凝眸，心裡一動，一股熟悉感油然而生，卻又想不起自己哪裡見過這樣一個絕色女子。眼前的女子之美，直如天仙下凡，空靈脫俗卻又無比鮮活，令他不由得脫口道：「莫非姑娘是天上星宿下凡？不是織女，便是玉女，再不就是九天玄女？」

「那些都是天上仙子，怎能到此？」杜麗娘搖頭輕笑。

「這樣⋯⋯在下真的是猜不出來了。」柳夢梅搔

搔頭，見杜麗娘雙手空空，恍然道：「啊！姑娘夜行怕黑，想是前來借燈燭的囉？」

杜麗娘搖搖頭，略帶羞怯的說：「奴家並不為借燈燭而來，而是仰慕秀才高才，因此前來相會，欲與公子剪燭共話，略訴衷腸。若問家居何處，其實不遠，就在梅花觀東鄰某家。」

柳夢梅聽了之後只是發愣，訥訥的看著她，半晌說不出話來。只見燈光下杜麗娘暈生雙頰，美貌非凡，那如花容顏依稀便是他夢中少女的模樣。他眨了眨眼，心想莫非他其實未醒？柳夢梅掐了掐大腿，有些不可置信的問道：「我這是在作夢嗎？」

「不是夢，是真的。若是公子嫌棄，奴家告退便是。」杜麗娘垂下眼簾，幽怨的目光令柳夢梅心頭一震，這……這眼神竟如此熟悉！見杜麗娘轉身要離開，整個人著急不已，他滿腹疑團未解，如何能讓她離去，連忙開口喚道：

「姑娘且慢。姑娘美若天仙，在下承蒙錯愛，因而喜出望外，不敢置信，豈有嫌棄之理。姑娘若是不嫌此地簡陋，不嫌在下愚蠢淺薄，便請姑娘留下敘話，如何？」

杜麗娘聞言，開心的向柳夢梅一笑，柳夢梅整個

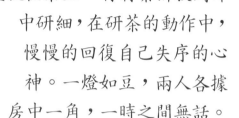

人如遭雷擊，失神在她絕美的笑容中。杜麗娘見柳夢梅眼睛直勾勾的盯著她瞧，不由得羞紅了臉，她走到桌邊，拿起一本詩集翻著。

柳夢梅自覺失態，連忙拿過茶壺，裝滿了水放到暖爐之上，隨即拿出兩個茶盅放在桌上，再將茶餅放到缽中研細，在研茶的動作中，慢慢的回復自己失序的心神。一燈如豆，兩人各據房中一角，一時之間無話。不一會兒，茶壺中的水滾了，水氣蒸騰，煙霧裊裊中，更顯得杜麗娘飄然出塵。

他沖好茶，感覺自己已回復平日的沉穩，恭謹的將茶盅放在杜麗娘面前，溫文的說：「姑娘既說要剪燭共話，漫漫長夜，豈可無茶？姑娘若是不嫌粗陋，就請用茶。」

杜麗娘道一聲謝，拿起茶默默的啜飲著，思索著應如何打破這沉默，看看天色，低聲道：「既蒙公子不棄，得同公子共賞詩書，一同敘話，實是不勝之喜，只有一事，還請公子答應。」

「有事但說無妨。」這銀鈴般的聲音，聽得柳夢

梅舒心不已。

「奴家家中尚有長輩，深夜祕密至此，雞鳴之前便要回返，以免家人知曉，公子亦無需相送，以避閒話。」

「事關小姐閨譽，但有所命，在下無有不遵。」杜麗娘見柳夢梅臉上盡是保護之意，心裡甜絲絲的，不覺對他一笑，只這一笑，柳夢梅好不容易回復的沉穩盡皆潰散。

自此一連數日，杜麗娘每到深夜便翩然到來，到雞鳴之前才戀戀不捨的離開。兩人相聚在斗室之中，偶爾共話詩書，偶爾拆字＊猜枚，偶爾飲酒行令＊，雖然滿室綺旎，柔情繾綣，但一個是守禮君子，一個是天真少女，兩人互動慇勤，卻始終不涉猥褻。

只是兩人相聚在梅花觀廂房中，又是深夜時分，四下寂靜，偶然間笑語喧嘩，聲音雖輕，畢竟是清晰可聞，幾夜下來，石道姑不得不注意到秀才房中的異動。她心中猜測，梅花觀中雖然是一群出家的女道士，但其中有的年紀尚幼，該不會是動了春心，去引逗秀

＊拆字：即測字，透過拆解字形以知禍福，亦可指拆開字形設計謎語。

＊猜枚、行令：均是古時文人之間的遊戲。

才了吧？如果真鬧出醜事來，那可就糟了。

石道姑連著注意了幾天，發現只要初更之後，秀才房中便會傳出笑語聲，這讓她更是憂慮。於是今日晚課過後，她早早遣散眾人，埋伏在廂房邊上，就要看看情況究竟如何。但等了許久，都不見有人進房，她以為自己洩漏了行蹤，正要離開，就聽見房中傳來一陣清脆的女子笑聲。石道姑詫異不已，明明沒見人進房，怎麼突然會有聲響呢？

柳夢梅將白子在棋盤上一角放定，笑著將吃下的黑子一顆顆拈起，杜麗娘傻眼的看著他拿起數顆棋子，這幾顆棋子一拿，便定了黑棋的死棋了，她壓住柳夢梅的手，連忙道：「等等，剛剛我放錯地方了，重來一次。」

「棋子一旦放定，就不可以再後悔了。」柳夢梅笑著說。

「我偏要悔！」杜麗娘嬌嗔的說，拿過棋子重新擺好，細細沉吟要將這子下在何處。柳夢梅略帶寵溺的凝視杜麗娘，覺得她宜嗔宜喜的芙蓉面真是百看不厭，既端莊又活潑，本應是矛盾的兩種氣質，同時出現在她身上卻是再自然也不過，今生若能有妻如此，更有何求？

杜麗娘將棋子放定，得意的看向他，柳夢梅微微一笑，氣定神閒的下了一子，局勢便又底定。杜麗娘氣惱的悶哼一聲，正準備認輸，重新另啟戰局時，門外突然傳來石道姑的叫喚聲。

　　「秀才，老道姑給你送茶來了。」

　　柳夢梅嚇了一跳，連忙道：「夜已深了，不敢有勞。」

　　「秀才，你屋裡有客，豈可無茶？聽起來還像是個女客的聲音啊。」此語一出，兩人都慌了，柳夢梅連連跺腳，道：「這可怎麼是好？我倒罷了，連累小姐閨譽，百死難辭其咎啊！」

　　「秀才，快開門！若是聲張起來，可就沒有臉面了。」石道姑一心要查個究竟，話便說得重了些。

　　「公子，你便開門吧，我且躲一躲，不會讓她發現的。」杜麗娘說著便走到屏風之後。柳夢梅擔心的看著她若隱若現的身影，走到門邊，一心要遮住她，豈知門一打開，石道姑便衝了進來，一個勁地往裡頭搜找。

　　杜麗娘在柳夢梅開門時早已一個旋身，化作一陣風飛去。石道姑滿室裡看了幾趟，卻也不見人影，嘴裡咕噥道：「明明聽見聲音，眼裡似乎也看見了個影子，怎麼什麼也沒有？屋裡就只有這軸美女圖，難不成是

牡丹亭

畫上的女子活了不成？真是奇了！」

她狐疑的看著柳夢梅，問道：「秀才，你和什麼人下棋？」

「呃，夜長失眠，自己擺擺棋譜，略作消遣罷了。」柳夢梅故作閒適的擦拭額上冷汗，也不明白杜麗娘究竟躲在何處，這屋子就這麼點大，她怎麼有辦法躲到不見人影？莫非是從哪裡先溜走了？

「那怎麼會有兩杯茶呢？」石道姑指著茶几上的另一杯茶。

「喔，那是供奉這畫中美人的。」柳夢梅將茶擺到畫前，這才猛然發現，杜麗娘與這畫中美人何等相似。之前只覺杜麗娘相當眼熟，像是他夢中少女的模樣，卻一直沒有想到這畫中美人。大概是因為杜麗娘的表情靈活，嬌俏可人，比起畫像更多幾分靈動，所以他始終沒有想到，當然，杜麗娘美得令他總是失神也是原因之一。但此時一看畫像，簡直活脫脫便是杜麗娘的模樣，柳夢梅感覺自己如墜五里霧中，杜麗娘、畫像和他夢中少女究竟有什麼關聯？

石道姑見狀，也不由得她不信，心想應是自己多慮了。回頭見柳夢梅盯著畫像發呆，她搖搖頭，不忍心告訴他這畫裡的人死了已有三年，只向他道了聲擾，

便回自己房裡去了，留下柳夢梅驚疑不定的看著畫，
腦海中思潮起伏。

第七章　回　生

　　將幾樣茶點在桌上擺好，<u>柳夢梅</u>回身忙著搧爐煮水，以備夜裡沖茶所需。抬眼看看窗外天色，只見月上中天，已是初更時分，<u>杜麗娘</u>再一會兒就會到了，他下意識的拉了拉衣襟，希望自己看起來一切都相當完美。

　　那日被<u>石道姑</u>一鬧，讓他無意間發現畫像與<u>杜麗娘</u>的相似之處，這才猛然驚覺他對這位夜夜前來相會的少女所知太少，既不清楚她的來歷如何，也不知道她的家庭狀況，甚至連她的閨名也不知曉。<u>柳夢梅</u>暗罵自己糊塗，這個少女甘冒閨譽蒙塵的大險，夜夜前來與他相會，可知對他用情之深，而他，不也全心希望能得這樣一位紅粉佳人為妻嗎？可他卻總是沉醉在兩人相處的寧馨氛圍裡，一直不曾對她提起，只怕她的心裡已經在罵他薄倖了！

　　「公子。」<u>杜麗娘</u>款款走進房來，見<u>柳夢梅</u>看著炭爐失神，不由得輕喚一聲。<u>柳夢梅</u>如夢初醒，連忙

起身對她行禮，抬起頭來，只見杜麗娘今天雖然一如往常的美麗，但眉眼間卻似乎有些鬱鬱輕愁。

杜麗娘沉默的走向自己慣坐的那張矮凳，看見矮凳上墊著暖褥，她心想定是柳夢梅見天氣轉涼，特意為她鋪好的。她心裡雖然暖洋洋的，但坐在凳上，卻不禁百感交集。在她夭逝之前，她對這秀才、這份情意魂牽夢縈，那時還不知道世上是否真有這樣一個人，就這樣忽喜忽憂的自我折磨，終至香消玉殞。現在她已經知道世上真有此人，也知道自己與他有姻緣之分，但偏偏已是香魂一縷，不知他對她的感情，是否深厚到能看脫生死之隔呢？

看著眼前俊眉星目、自在瀟灑的柳夢梅，杜麗娘心裡不禁一陣迷惑，他能夠接受這一切的事實嗎？但不管如何，她都必須讓他知道的，判官今日已經向她說明，她杜麗娘雖登鬼錄，但實際上人身未損，如今她陰命已盡，陽壽將回，前日為柳郎而死，今日則因柳郎而生，一切情緣，盡皆前定。今晚如果不說，恐誤了還

陽之期，到那時人鬼殊途，再難相見。但是……她又怕此事太過離奇荒誕，說的時候不免會驚嚇到柳夢梅。他會相信嗎？他，能接受嗎？他……真的愛她嗎？

「那天夜裡真是好險，幸好妳躲得快，一下就不見蹤影了。我想，她一定是把妳嚇壞了吧？」柳夢梅將茶沖好，放在杜麗娘面前。

杜麗娘看著他和煦的笑臉，心裡考慮著是否要立即說明真相。她啜了口茶，見柳夢梅一臉好奇的看著她，便點了點頭，強笑道：「是啊，那道姑突然闖進來，嚇得我魂都飛了。幸虧那天夜裡雲多，月光昏暗不明，我躲在畫像邊上，趁她不注意，一閃身就跑出去了。慌慌張張的，險些跌折了腿，回家的時候，還差點驚動了家裡人呢！打從我出生以來，還真沒經過這樣的驚嚇。」

「辛苦姑娘了！」柳夢梅溫柔的望著她，忽然伸出手去，輕輕握住杜麗娘的纖纖素手，輕聲嘆道：「不知姑娘何以錯愛在下至此？」

他低低的嗓音，一聲聲震盪著杜麗娘的心絃，她怯怯的低下頭，嬌羞不語。柳夢梅用雙手包覆著她的玉手，輕輕拉近自己的心口，略一遲疑，有些擔憂的問道：「姑娘……妳可曾定了人家沒有？」

　　杜麗娘輕輕的搖了搖頭，柳夢梅大喜過望，進一步探問道：「但不知小姐可曾想過要嫁個什麼樣的人家？」

　　看柳夢梅一臉焦急的模樣，杜麗娘噗嗤一笑，側著頭，故作沉吟，好半晌才低聲說道：「嗯……只求嫁一個溫柔多情，又有才學的俊俏秀才。」

　　「在下雖不敢妄言自身學通古今、貌比潘安，但對小姐實是一片真情，若小姐不嫌在下淺陋，嫁與在下如何？」柳夢梅目光灼灼，熱切的望著杜麗娘。

　　杜麗娘大受感動的望著他，在她什麼都未曾說明的此刻，他已經對她許婚，那麼他是真的愛她的吧？轉念一想，她在柳夢梅錯愕的眼光下抽回手，背過身去，惶惑的問道：「公子家居嶺南，客途遙遠，只怕早有妻室在堂侍奉雙親，奴家若是許婚，豈非只能為妾？」

　　柳夢梅吁了口氣，轉到她面前，堅定的拉起她的手，笑著對她說道：「小姐，妳多慮了。家父家母均早已仙逝，在下家世寒薄，一直未議婚娶。」

　　「公子既有此心，為何不早日請媒相聘，也省得奴家為你驚慌受怕。」杜麗娘將額頭靠在他胸前，低聲說著。

　　柳夢梅聞言大喜，緊緊的抱住杜麗娘，開心的計

劃著：「小姐既然願意，那麼明日便造訪貴府，拜見令尊、令堂，方好向小姐求親。」

「公子若到寒舍，只見得到奴家，要見爹娘，只怕還早。」杜麗娘輕輕的掙脫柳夢梅的懷抱，知道該是將一切說明的時候了，只是她惶恐的心總還需要一點點保證。

「是了，還不曾請教小姐家中是怎樣情形？」柳夢梅愣愣的看著杜麗娘不知為何略顯哀傷的身影，這才想到要問。見杜麗娘輕輕嘆了口氣，柳夢梅滿腹疑團，不禁一個一個浮起。「可以告知小姐芳名嗎？」

看著柳夢梅誠摯深情的面容，杜麗娘欲言又止。柳夢梅見她一臉憂慮為難，溫柔的道：「小姐，妳有什麼難處儘管說，若不告訴在下，卻要去說給誰聽呢？」

杜麗娘低下頭，幽幽的說：「公子，奴家有千頭萬緒，不知從何說起。常聽人說道『聘則為妻奔則妾』，奴家與你密約偷期在此，只怕公子來日負心。」

「我對小姐一片真心，天地為證，小姐若是仍有疑慮，在下便就此對月起誓。」柳夢梅推開門扉，撩起衣襟，雙膝跪地，朝天拜了三拜，道：「星月在上，天地鬼神同鑑，在下柳夢梅對小姐一往情深，誓聘小姐為正妻，生同衾＊，死同穴，若有違背，人神共厭，

不得超生。」

　　柳夢梅本就生得剛毅凜然，此刻誠心起誓，更是目光炯炯，正氣浩然。杜麗娘聽了他的誓言，心中感動，忍不住淚溼雙睫，盈盈欲倒。柳夢梅連忙起身扶住她，柔情似水的問道：「怎麼落下淚來了呢？」

　　「為你的深情所感，不禁落淚。」杜麗娘輕撫柳夢梅挺直的鼻梁，知道她可以完全信任他，知道他會是她這一生的良人。心中僅有的一絲擔憂都已消散，她定了定心神，走到畫軸旁，問道：「公子，這幅圖卷你從何處拾得？」

　　「在後園湖邊的假山石縫裡。」柳夢梅雖然詫異這天外飛來一筆的問題，但隱隱覺得心中謎團就要解開。

　　「你看這畫上女子，比奴家容貌如何？」杜麗娘站在畫軸邊問道。

　　「簡直是一般無二。我這幾日就一直在想，姑娘的容貌怎麼這等眼熟，卻原來是與這畫相似，我也是前日才發現。」

　　「你可知道奴家便是這畫中之人？」杜麗娘語氣

　　＊衾：大被子。

略顯遲疑。

　　柳夢梅聞言，喜得拍手笑道：「原來這畫中之人果真是小姐，不枉我長日對畫痴情，在下真是三生有幸，小姐怎不早說呢？」

　　「前任南安太守杜寶，便是奴家生身之父。」

　　「喔，原來小姐門庭清華若此。敢問小姐芳名？年歲幾何？」

　　「奴家名喚杜麗娘，年方十六。」

　　「原來是杜小姐，在下有禮。」聽到杜麗娘的芳名，柳夢梅開心的上前行了個禮。轉念一想，大惑不解的問道：「咦？前任杜老先生聽說陞任揚州，怎麼留下小姐一個人孤身在此？」

　　杜麗娘閉上眼，深深吸一口氣，道：「公子，還請你熄了燈。」柳夢梅雖然納悶，卻還是依言照做。此時月白風清，燈火一滅，明晃晃的月光映入房來，將柳夢梅的身影拉得長長的，映射在板壁上，但房裡明明有兩人，牆上卻不見杜麗娘的身影。

　　「這……！」柳夢梅錯愕得說不出話，愣愣的望著杜麗娘。

　　「公子，奴家是鬼非人，你……你可會懼怕嗎？」杜麗娘幽怨的瞅著他。

柳夢梅腦海中思緒翻騰，盡是近日相處的景象，他一個箭步上前，伸手牢牢的將杜麗娘摟在懷裡，道：「我不怕！即便妳是鬼，我也一定要娶妳為妻！只是感嘆造化弄人，既讓我倆相遇，偏又生死相隔。」

　　杜麗娘在柳夢梅懷中哭得哽咽，柳夢梅捧著杜麗娘的臉，輕柔的為她拭淚，發覺她的淚水竟溫溫熱熱，一如生人。他不解的問：「聽人說魂魄極寒，並無體溫，但小姐觸體生溫，珠淚微帶溫熱，卻是為何？」

　　杜麗娘對他微微一笑，吐氣如蘭的說：「因為奴家也不完全是鬼。」

　　柳夢梅聞言一呆，張口結舌的道：「那……難不成是僵屍？」此話一出，見杜麗娘笑盈盈的望著他，便故意打趣道：「可那僵屍顧名思義，該當是僵硬如柴，冰冷似鐵，小姐溫香軟玉，也不像僵屍。」

　　「自然不是，奴家這是雖死猶生。聽得判官言道，奴家雖死但陽壽未終，近日便是還陽之期。」杜麗娘將自己從春日感夢而亡，一直到近日發生的事情，細細的對柳夢梅一一說明。

　　柳夢梅聽得驚嘆不已，又聽杜麗娘說近日便是她還陽之期，更是驚喜交集，連忙問道：「既然說

牡丹亭

是雖死猶生，那我要怎樣才能助妳還陽呢？不知墳塚究竟是在何處？」

「便在這梅花觀後園那株大梅樹下。」杜麗娘指著後園道：「到時候公子便在墳頭點上三炷返魂香，從墓碑向下掘土三尺之深便會見棺，開棺之後，將此丹藥研在還魂湯中餵奴家喝下，奴家便可活轉了。」杜麗娘拿出一個錦盒交在他手中，盒中有一顆丸藥溫潤似玉，隱隱生光。

「這事我獨自一人只怕難辦。」柳夢梅沉吟細思。

杜麗娘提議道：「公子可去求石道姑商議，她古道熱腸，必會相助。」

「如此甚好！」柳夢梅握拳擊掌，點頭依允，堅定的看著她。杜麗娘見柳夢梅知曉事實之後，仍是深情不改，為了她還甘犯掘墳之罪，心中感動萬分。忽然間，耳邊聽得遠方雞啼，她知道天色將曉，便殷殷叮囑道：

「公子，你我已有婚約，務必及早前去察看，不可耽誤，否則，奴家之事既已洩露，也不能再來相陪。只盼公子切記在心，千萬不要錯過時機，以致你我終身含恨。」語罷，杜麗娘化作輕煙，消失在晨風之中。

柳夢梅見晨曦逐漸照射在杜麗娘消失之處，腦中

昏沉沉的，只覺全部都是夢，但細看他手中，卻又確實握著錦盒。柳夢梅心下計議已定，將錦盒牢牢握緊，就算一切只是夢，他也非做不可，今生今世，他只願娶杜麗娘為妻。

在房中小憩了一會兒，柳夢梅整整衣襟，猜想此刻大殿應無旁人，便緩步來到殿中，果然大殿中只有石道姑在點香添水。他上前向石道姑行了個禮，道：

「老姑姑請了。在下自從路途中受到風寒，幸逢陳老先生救治，借住仙觀多日，又處處勞煩老姑姑，特來道謝。」

「出家人給人方便，便是自己方便，施主無需言謝。」石道姑想起前日之事，歉疚的說：「前天夜裡多有得罪，施主別見怪。」

「不敢。」柳夢梅謙遜幾句，看四下無人，道：「在下到此借居多日，未曾禮敬神仙，還請老姑姑代為指引一番。」

石道姑點點頭，領著柳夢梅一邊依序禮拜，一邊為他介紹。柳夢梅對神像一一行禮祝禱，忽見左邊桌案上放著一個牌位，仔細一看，竟是杜麗娘靈位，他心中一凜，對昨夜之事更加深信。他看著牌位，明知

故問的說：

「敢問老姑姑，這牌位上寫著杜小姐神主，不知供奉的是哪位女神？」

石道姑一愣，嘆道：「原來施主不知道咱們這梅花觀的由來，其實這道觀是為前任太守之女所建的。」石道姑鉅細靡遺的說著建觀始末，柳夢梅一聽，果然事事與昨夜杜麗娘所說相符，不由得心中傷感。

待得石道姑說完，柳夢梅突地在靈前跪下，喚道：「如此說來，此處供奉的便是在下的賢妻啊！」

石道姑聞言，大吃一驚，以為柳夢梅忽然間得了失心瘋，忙問道：「施主，你這話可不能胡說，杜小姐生前未曾許人，怎會是你的賢妻？」

柳夢梅見石道姑探問，正中下懷，便將兩人之事全數說出。石道姑越聽越奇，實在難以相信世間竟有這等奇事，若說不信，他又說得言之鑿鑿，難以駁斥。

「前日夜裡，老姑姑不是聽見在下房中有女子笑語嗎？那便是杜小姐了，若非是小姐魂魄，老姑姑進得房來，怎會不見人影呢？當時老姑姑不也以為是古畫成精了嗎？」柳夢梅說出此事，石道姑

已信了八九分，便道：

「既然如此，施主應為杜小姐守喪才是。」

「無須守喪，在下只想求老姑姑一事，若得老姑姑成全此事，杜小姐便可還陽，與在下有情人終成眷屬。若是老姑姑不願相助，只怕杜小姐便要再遭死劫，而在下也命不久長了。」

「人死豈能復生，施主真是胡言亂語，你當你是閻王老爺，是生是死都隨你意不成？」石道姑不以為然的說著。

柳夢梅指天誓日，道：「在下若有虛言，願遭天打雷劈。這確實是小姐夜間所說，還望老姑姑成全。」

「這……」石道姑低頭沉吟，正想拒絕，轉念又想，若是柳夢梅所言為真，那她豈不是真害了杜小姐性命？而這書生如此深情，只怕真的也會跟著殞命。但若是幫這個忙嘛，盜墳掘屍，那可是死罪啊！她反覆思量，無法決定。

柳夢梅見石道姑的心意似有鬆動，勸道：「老姑姑無須憂慮，這是小姐所命，不算盜墳，老姑姑若願相助，在下與小姐同感大德。」

「好吧！寧可信其有，不可信其無，既是小姐吩咐，老道姑幫這個忙便是。只是得看個日子，方能行

事。」她取過黃曆，翻了兩頁，喜道：「恰好明日乙酉，可以開墳，待老道姑事先引開眾人，好方便行事。」

石道姑看了看柳夢梅，見他雖然生得玉樹臨風，但畢竟是一介書生，便道：「只怕還是需要有人幫忙挖墳才行。」

柳夢梅為難的說：「是啊，只是此事又不宜聲張。」

「無妨，老道姑有個侄兒，雖是個粗人，但口風很緊，正好叫他來幫個忙。」

「既然如此，那就多謝老姑姑了。」柳夢梅大喜過望，向石道姑拜了幾拜。兩人又商量了幾件事，便分頭去行事。

翌日，石道姑設法支開觀中閒雜人等，確定他們不會往後花園去，便悄悄的領著柳夢梅和她的侄兒癩頭黿進到園中。此時，後花園中已是亭臺冷清，花草荒蕪，一片荒涼景象，柳夢梅無暇感傷，跟著石道姑到了大梅樹下，只見梅樹依舊茂密，一時之間卻看不見杜麗娘的墳塚何在。

「老姑姑，小姐的芳墳究竟在何處呢？」柳夢梅惶急的問。

「秀才別急，就在那裡了。」石道姑指著樹下的一方土丘回道。柳夢梅一眼望去，只見土丘上雜草叢

生，墓碑亦半為雜草所掩，碑額的部分遍生蒼苔，溼潤青翠，頗為淒涼。

　　眼見孤墳寂寂，<u>柳夢梅</u>想到<u>杜麗娘</u>一人在此獨眠三年，心中傷痛憐惜，不禁悲從中來。<u>石道姑</u>見<u>柳夢梅</u>跪倒在墓前，淚流滿面，忍不住翻了個白眼，忙扯了扯他的衣袖，急道：「秀才，這會兒可不是哭的時候，趕緊把事情辦好，要不然被人撞見了，事情可就難辦了。」

　　<u>柳夢梅</u>點點頭，拭淚起身，接過<u>石道姑</u>遞來的三炷清香，朝空拜了幾拜，口裡喃喃祝禱道：「巡山使者，當山土地，今日開山破土，專為請起<u>杜麗娘</u>小姐，若有冒犯之處，萬祈恕罪。」

　　祝禱完畢，<u>柳夢梅</u>將三杯清酒潑灑在地，接過紙錢，在一旁燒了起來。燒完紙錢，<u>石</u>道姑已點好三炷返魂香，<u>柳夢梅</u>接過香，對著墓碑拜了三拜，將香插

在墳頭。石道姑見一切就緒，便吩咐徒兒取出鐵鍬，動手挖墳。柳夢梅見癩頭黿動作俐落，雖知無須自己插手，但他仍是撩起衣襬紮在腰上，取過鐵鏟在一邊幫著挖土。

約莫過了一頓飯時間，柳夢梅已是累得灰頭土臉，手足酸軟，但癩頭黿卻依舊手腳俐落，一如先前。只聽得「喀」一聲，鐵鍬擊中硬物的聲音傳來，柳夢梅喜道：「挖到棺材了。」

他連忙幫著將土扒到一邊，石道姑見狀，也取出鏟子來幫忙，三人忙了好一陣，終於將整副棺材挖了出來。

「這棺材在這裡埋了這麼久，裡頭的人就算是活的也要悶死了，怎麼可能會有死人還陽這種事呢？」癩頭黿見了棺材的腐朽程度，不禁懷疑。

「噓──休要驚嚇了小姐。」柳夢梅正要低頭去看個究竟，忽然聽見棺材內傳來女子的呻吟聲。三人聽了這聲響都是又驚又喜，癩頭黿湊上前去，只見棺材的釘頭早已鏽斷，棺蓋已經繃開。他使勁將棺蓋推到一邊，果然看見杜麗娘躺在其中，異香襲人，身姿容顏，一如生時。

柳夢梅連忙上前將杜麗娘扶起，牢牢的將她護在

懷中，只見她雙眼眼皮微微顫動，眼睛緩緩睜開，眼神迷濛似醉。

「哎呀！小姐睜開眼了。」石道姑開心的叫道。

杜麗娘感覺光線刺得她雙眼生疼，抬起手想要遮眼，卻只覺全身發軟，四肢無力，此時恰好一陣風吹來，吹得她渾身發寒。

柳夢梅感覺杜麗娘的身軀頻頻顫抖，他將她摟得更緊一些，希望用自己的體溫溫暖她，同時甩開衣袖為她擋住陽光，著急的對石道姑說：「小姐怕風、畏光，這該如何是好？」

「那趕緊在這牡丹亭內喝些還魂湯藥。」石道姑將先前煎好的還魂湯遞給他，柳夢梅忙將事先磨細的丹藥加入湯中，小心的餵杜麗娘喝下。餵不到兩口，杜麗娘一陣反胃，竟將湯藥全都吐在柳夢梅胸前，喘息不止。

柳夢梅大驚失色，憂懼的淚水在眼眶中轉來轉去，拿藥的手猛烈的顫抖著。石道姑知他關心則亂，怕他將藥灑了，連忙將藥碗接過，要柳夢梅將杜麗娘扶好，自己一小匙、一小匙的將藥餵入她口中。好不容易將藥餵完，石道姑回頭吩咐徒兒，道：「取些燒酒來。」

「老姑姑，要燒酒何用？」見杜麗娘將藥喝完，

柳夢梅不禁鬆了口氣。

「喝些燒酒，好鎮壓心神，藥效也走得快些。秀才，我看你也要喝點。」

喝過酒，杜麗娘的身體漸漸暖了起來，原本蒼白的臉色也逐漸變得紅潤。她看了看三人，神色迷茫，既虛弱又驚疑不定的問：

「你們……你們是什麼人？我怎麼會在這裡？」

「小姐妳不認得我嗎？我是柳夢梅（石道姑）啊！」柳夢梅與石道姑同時說道。杜麗娘看著他們，默默不語，原本渙散的眼神漸漸澄澈起來。她幽幽的問道：「柳郎？」

柳夢梅連忙應聲，目光炯炯的凝視著她，杜麗娘元神漸漸凝聚，秋水似的大眼望定了他，眼中星芒閃閃，似有千言萬語。她伸出手輕撫他挺直的鼻梁，兩行清淚潸潸而下，嘆道：

「柳郎，柳郎，果真是你，果真是你嗎？」

「是啊，是我。」柳夢梅緊緊握住杜麗娘的手，堅定的看著她，溫柔的說：「小姐，此處風露甚重，不宜久待，我扶妳回房去歇息吧！」杜麗娘點點頭，無力的依偎在他的胸膛，感覺自己夙願終於得償，此生再無遺憾了。

第八章 婚 走

那日還陽之後，<u>杜麗娘</u>原本氣力猶虛的身體，在<u>石道姑</u>與<u>柳夢梅</u>兩人連日的悉心照料之下，終於漸漸的回復了元氣，回復到她容顏最盛時的狀態。<u>柳夢梅</u>擔憂她的身體狀況，每天都來探望好幾回，雖說<u>杜麗娘</u>此刻已經還魂復生，但他猶恐一切是夢，心裡一直有種不真實的感覺，生怕一個照料不周，<u>杜麗娘</u>好不容易得回的脆弱生命，會如同風中的殘燭一般，乍然熄滅。

此刻，<u>杜麗娘</u>正喝著蔘湯，<u>石道姑</u>坐在一旁的椅子上，和她有一搭沒一搭的聊著天，只聽<u>石道姑</u>以羨慕的口氣說道：

「<u>杜</u>小姐，妳可真是好福氣，那個秀才對妳真的是一片深情哪。妳瞧，他知道妳剛還魂回陽，氣血尚虛，想方設法的幫妳弄來這些蔘湯，這人蔘哪，可是最最補氣的了。」

<u>杜麗娘</u>看著手中的那碗蔘湯，不知<u>柳夢梅</u>是花了

多少心血才弄來，心裡不禁一陣甜蜜。看<u>杜麗娘</u>笑笑的沒說話，<u>石</u>道姑嘆了口氣，又道：

「不過，話又說回來，當初妳為了他，病得如痴似呆，最後連命都送掉了，實在也不知受了多少苦。幸好這一縷情絲堅韌不斷，感動了天地，才有現在這樣的好結果，讓妳死而復生，終於能和秀才有情人終成眷屬了。」

<u>杜麗娘</u>喝完蔘湯，放下碗，笑道：「老姑姑，這一切都要感謝您啊，要是沒有您的大力相助，<u>麗娘</u>哪有今日呢？」

「沒的事，沒的事，老道姑也沒幫上什麼忙，這都是老天有眼。」<u>石</u>道姑客氣的說著，看了看<u>杜麗娘</u>的臉色，又道：「妳的臉色看起來好多了，紅潤豐腴了些，想來身子好了許多。」

「嗯。」<u>杜麗娘</u>點點頭，道：「前些日子裡還覺得自己老是輕飄飄、虛虛浮浮的，不太有重新活過來的真實感，多虧您和<u>柳郎</u>細心替我調養，這兩天總算漸漸覺得精神暢旺了些。」

「那可就太好了，那秀才正三天兩頭的央老道姑我作媒，希望能早日完了你們倆的婚事呢！」

<u>杜麗娘</u>聞言，不覺面上一紅，低聲道：「老姑姑，

這事此時言之過早，還得等去了<u>揚州</u>，問過了家父、家母，得到他們允許才可以。」

「哎喲！那豈不是還得等上好些日子，這可也太折磨人了。說到令尊、令堂，小姐還陽之後，對先前活著時候的事情可都還記得嗎？」

「往事歷歷在心，不曾忘懷。」<u>杜麗娘</u>嘆了口氣，又道：「還記得在黃泉路上，一直聽到有人一聲一聲的叫著我，喚聲細密不絕，極是動人神魂。」

「那自然是秀才的聲音了，我在觀裡也時時聽見呢，可小姐在九泉之下，怎麼也會聽見呢？」

「想是他志誠感人，是以喚聲上窮碧落下黃泉。」<u>杜麗娘</u>想著當日在陰間時的情景，不禁有恍如隔世之感。

兩人正說話間，門被輕輕敲了兩下，<u>石道姑</u>知道必是<u>柳夢梅</u>站在外頭，她對<u>杜麗娘</u>戲謔一笑，見<u>杜麗娘</u>臉上神情又羞又喜，她笑了笑不再逗她，起身前去開門，果見<u>柳夢梅</u>一身月白長衫，氣度雍容的站在門外，<u>石</u>道姑笑著讓<u>柳夢梅</u>進房，然後為他們將門帶上便離開了。

「小姐今日可好多了？」<u>柳夢梅</u>一邊問著，一邊走進房來，只見<u>杜麗娘</u>坐在桌邊，一身素麗裝扮，臉

牡丹亭

上雖然脂粉未施，卻更顯清新脫俗，高雅出塵。他笑著向她行了個禮，口中喚道：

「麗娘，我的好娘子。」

杜麗娘羞不可抑，拿起桌上的織羅扇，遮住了臉龐。柳夢梅見狀，詫異的問道：「小姐，妳我已有婚姻之約，又何須害臊呢？」

「雖有婚姻之約，卻還未曾稟告雙親，也無媒妁之言，況且尚未完婚，公子怎可無禮？」

「若要媒人，老姑姑在此，便是現成的媒人，待得今日成親之後，再去尋訪令尊、令堂，對雙親而言豈非是意外之喜？」柳夢梅認為如此行事最是妥當。

「公子急些什麼？好歹也得等過些日子。」

「卻要人日日心焦到何時？」柳夢梅故意唉聲嘆氣。

杜麗娘踩足笑道：「萬萬沒想到，公子竟是這樣一個急色鬼。」

「是小姐淘氣，故意的吊人胃口。」柳夢梅微笑的看著杜麗娘，聽似埋怨的口氣居然有著些許撒嬌的意味。

正說笑間，忽然前廳傳來陳最良的叫喚聲，聲音越喚越近，似乎已進到後面廂房來，兩人聽見叫喚，不禁都慌了手腳。

「陳先生來了，這可怎麼是好？」柳夢梅焦急的踱步。

杜麗娘皺眉道：「陳先生為人固執迂腐，食古不化，若是被他知曉此事，非但不會諒解，只怕還要鬧出事來。」

正不知如何是好時，陳最良已經在門外叫喚：「柳公子在嗎？老夫陳最良探望你來了。」

「我先躲一躲吧。」杜麗娘說著便躲到床柱之後。

柳夢梅見杜麗娘躲好之後，才整整衣裳，故做沒事的打開門，笑著對陳最良行禮，道：「原來是陳先生到了，方才衣衫未整，不便開門，因此慢了些，失禮，失禮。」

「遲些開門也沒什麼失禮之處，只是……我剛才怎麼好像聽見女子聲響呢？」陳最良年紀雖大，耳朵卻尖，方才杜麗娘低聲說話，居然還是被他聽見。柳夢梅正不知如何應對時，石道姑正好從邊門進來，笑著替柳夢梅解危，道：

「自然會有女子聲響了，陳齋長，老道姑在你後

牡丹亭

邊叫了你老人家好幾聲啦。」

「喔？原來是石道姑，那麼是老夫聽不真了，還以為是從柳公子房裡傳出來的，險些錯疑了他。」

石道姑橫了陳最良一眼，故意的說：「這種事也是可以瞎說的嗎？你老人家可別壞了我梅花觀的名聲！」

「豈敢，豈敢！」陳最良向石道姑拱手行禮，以示陪罪，石道姑嗯了一聲，略顯不耐煩的問道：「不知陳齋長今日是做什麼來了？」

「喔！我一來是探望柳公子，想看看他在此住得如何。二來因為見梅花觀這些日子來如此興盛，想必是杜小姐冥冥之中護佑著，因此想約柳公子明日一同到杜小姐墳上上香，隨喜*一番，還要勞煩石道姑幫忙準備準備。」陳最良說完，見石道姑臉色依舊不耐煩，不敢多留，便道：「話已說完，老夫另外有事，這便告辭了，明日再來。」

---

*隨喜：佛教用語，認同他人善行而生的愉悅之心。

石道姑見陳最良一走，滿臉冷漠不耐的神色立刻垮了下來，緊張的在房裡來回踱步，口裡咕咕噥噥的念叨：「怎麼辦？怎麼辦？陳齋長明天要去小姐墳頭上香，他怎麼突然想到要去上香呢？」

　　杜麗娘聽見陳最良離開，便從床後走了出來，神色憂愁的看著柳夢梅，柳夢梅濃眉緊皺，憂慮的說：「明日陳先生若來上墳，必會發現真相，事情若是敗露，一來只怕有損小姐的閨譽，二來杜大人恐怕也難脫不善教女的譏諷。」

　　「哎呀！豈止如此，到時候，秀才你恐怕會背上迷惑人家閨女的罪名，至於老身就難逃盜墳之罪了啊！」

　　「那該如何是好呢？老姑姑，您見多識廣，定有法子吧？」杜麗娘著急的說。

　　石道姑想了一想，拍手道：「有了！小姐，柳公子近日正準備要到臨安府去參加科舉考試，不如妳委屈些，你們倆就此成婚，然後叫人催艘船，趁夜開去臨安，如此一來，便無人知曉了。不知小姐意下如何？」

　　杜麗娘略一沉吟，點頭道：「也只得如此了。」石道姑聽了大喜過望，拉著兩人到大廳，連忙去安排香燭，讓他們二人在東嶽夫人、南斗真妃之前拜堂完婚。

待他們拜堂之後，石道姑倒來兩杯酒，要他們二人交杯飲下。

「娘子，如此匆促的成婚，真是委屈妳了。」柳夢梅手執酒杯，十分抱歉的說著，杜麗娘深情無限的望著他，搖搖頭，道：「你我相交，重在心意，這些虛禮妾身並不在乎，只盼郎君深情不改，妾身便無怨無悔。」

兩人相視一笑，將酒交杯飲下，石道姑拍拍手，道：「好了，好了，從此你們便是夫妻了，快些去收拾東西，我去幫你們催船。」

一陣忙亂之後，三人趁夜來到渡口，要往臨安的船正停泊在渡頭，柳夢梅先跳上船板，再扶著杜麗娘小心翼翼的走上船。石道姑見他們兩人上了船，叮囑道：「公子，小姐，你們倆好好保重。」

杜麗娘詫異的望著石道姑，回頭又看看柳夢梅，不解的道：「老姑姑，怎麼您不一起去嗎？我們豈可留您一人在此！」

「是啊，三人一起走，日後也好有個照應。」

石道姑聽兩人這麼勸著，心下尋思，若是明日事發，她難免會受到波及，如此看來，三十六計，走為

牡丹亭

上策。她主意已定，跟著跳上船，道：「也罷，既然如此，我就跟著侍候小姐好了，<u>春香</u>不在，我正好可以幫著些。」

三人在船上坐定，船夫撐起篙來，船身一盪，順著水流便離開了渡口。<u>杜麗娘</u>看著岸上景色，忽然有些不捨，想到日後前途茫茫，不禁有些難過，愣愣的落下淚來。<u>柳夢梅</u>見她落淚，輕輕的為她擦去淚水，然後將她摟在懷中，指著煙波浩渺的茫茫大江，笑道：

「月白風清，泛舟江上，如此新婚佳趣，妳看其樂何如？」

<u>杜麗娘</u>靠在<u>柳夢梅</u>懷中，感覺他的體溫溫暖了她易寒的體質，她輕聲嘆息，悠悠的說：「相公，直至今日，妾身方知人間之樂。若為此夕此景，要妾身當初在陰間受多少折磨都是心甘情願的。」

「我不希望妳是受盡折磨才到我的身邊，那樣我會非常、非常心疼，更會恨自己沒有早點出現在妳身邊。」<u>柳夢梅</u>溫柔的吻著<u>杜麗娘</u>的髮梢，<u>杜麗娘</u>對他深情一笑，緊緊的擁抱著他，安心的在他懷中睡去。

翌日清晨，<u>陳最良</u>早早便起身，梳洗過後，便往

梅花觀而來。一路上在心中盤算,預計先在觀中用個素齋,休息一會兒,再去給杜小姐上墳,上墳之後理所當然要在觀中用午飯,如此一來,倒也為他省下不少事。

陳最良如意算盤打得正響,轉眼已來到梅花觀前,卻見觀門緊閉未開,他不贊同的皺緊雙眉,一邊伸手去敲門,一邊口裡咕咕噥噥的叨念:「都什麼時候了,這觀裡的人居然還沒出來開門灑掃,不會是都還在睡覺吧?這石道姑也真是的,也不知道是怎麼管理這道觀,居然也沒聽見做早課的聲音。」

他輕扣幾下門環,等了一會兒,卻沒聽見裡頭的回應,於是加重了力道,伸手往門板上拍,誰知一拍之下,門突然向後開啟,陳最良一個踉蹌,險些跌進觀中。他站定腳步,抬眼一看,才發現觀門原來只是虛掩著。他推開觀門,口裡叫喚著石道姑,但觀中一片寂靜,非但沒有回應,連半點聲響也沒有。

陳最良往院中走去,只見院裡各式物品散落,梅花觀裡居然一個人都沒有。他吃了一驚,連忙往大殿走去,大殿上香燭凌亂,不像平常那般整齊雅潔。他向殿上供奉的神像行禮,抬頭卻發現,殿上杜小姐的靈位居然不在。陳最良這一驚非同小可,心道:「怎麼

牡丹亭

杜小姐的靈位竟然不見了？這是怎麼回事？非得找石道姑問個清楚不可。」

　　他叫喚了幾聲，但整個觀裡空蕩蕩的，無人回應。陳最良心下不解，想著找不到石道姑，不如去找柳夢梅問個清楚。走到柳夢梅借住的廂房，卻見房中已人去樓空，哪裡還有柳夢梅的影子？陳最良不禁暗罵柳夢梅，醫好了病，居然這麼一聲不吭的就走掉，半點禮數也不懂。

　　陳最良在梅花觀中繞了一圈，發現觀中的鍋碗瓢盆、床被枕席等諸般物品都不見了。他搔了搔頭，面對此刻的情況，感到一頭霧水，忽然想起昨天在柳夢梅廂房門外聽到的女子聲響，當時被石道姑一番言語糊弄過去，如今想來，一定是柳夢梅勾搭了觀裡的小道姑，而石道姑肯定知情，要不就是也勾搭在其中，才會設法為他們遮掩。

　　他搖搖頭，感嘆人心不古，一個讀書人跟出家人居然做出這等醜事，這要是傳揚出去，還真不知道會被說成怎樣。陳最良嘆了口氣，想著還是要到小姐墳上看望一下，於是便往後園走去。

走到後園的大梅樹邊，眼前的景象著實叫他大吃一驚，原本高高隆起的土堆被人挖開，墓碑斜斜的倒在一旁。陳最良嚇得腦袋一時轉不過來，好一會兒才回過神來，他哎呀一聲，叫道：

「柳夢梅這賊書生，原來他不只勾搭了道姑，還劫了小姐的墳！盜墳掘屍這種損陰德的事，他居然也做得出來，真是人面獸心、喪盡天良，如此行為，難道就不怕天打雷劈嗎？」陳最良繞著梅樹看了一下，猛然想到：

「哎喲！這賊書生挖了小姐的墳，陪葬的珠寶想是都盜走了，可怎麼連棺材也不見了？難不成還想跟杜老先生勒贖嗎？棺材這麼重，想來他也搬不走，肯定還埋在這附近。」他在草叢中細細的尋看，忽然看見草間有個已經鏽蝕的棺材釘，陳最良倒抽了一口涼氣，心裡不祥之感大增。順著棺材釘的方向看去，只見湖中有一塊木頭載浮載沉，他腦中一昏，驚叫道：

「天哪！天哪！這賊書生這麼狠心，居然把小姐的屍骨丟到湖裡去了。小姐啊，妳的命也太苦了，年輕早亡也就罷了，死後屍身居然還要遭此蹂躪！」

陳最良越想越怒，心想非得將這柳夢梅和石道姑抓回來問罪不可。當初小姐入殮之時，石道姑是在旁

牡丹亭

邊看著的，一定是她跟那柳夢梅說起墓中有許多隨葬之物，才會發生這樣的禍事。哼！昨天聽見他今日要來祭墳，夜裡便逃了個人去樓空，以為這樣就能神鬼不知了嗎？世上豈有如此便宜之事！心下計議已定，陳最良先到南安府去報了官，通報緝拿這二人歸案，接著便收拾行囊，趕著去淮揚告知杜寶這件慘事。

這時，杜寶擔任淮揚安撫使已有三年的時間，宋、金兩軍隔江對壘，情勢雖然緊張，但所幸局勢大抵平安，一切還算安好。這三年來，他日日為軍情而憂心，藉此稍忘喪女之痛，但杜夫人雖然隨著到揚州赴任，每當想起女兒，仍是日日垂淚，夜夜傷心。

這天，杜夫人一早便吩咐春香準備祭品，在院中擺下香案，春香口裡答應著，但其實她早早就都準備好了。這三年來，每逢杜麗娘生辰、死忌，還有清明、寒食等大小佳節，夫人都會在院中遙望南安，祭奠小姐。每次看夫人那極度傷心的模樣，再想到小姐活著時待她的深情厚意，春香也總是忍不住淚溼衣襟。每每在那麼傷心的情況下，她還得忍痛勸慰夫人，以免夫人的身子撐不住，只因為小姐過世時特別交代過，要她好好代替她孝敬老爺、夫人。

春香替杜夫人點上三炷清香，然後隨侍在側，只見杜夫人一邊對空祝禱，一邊已經哀哀的痛哭起來。春香看得頻頻拭淚，讓杜夫人稍微發洩了一下情緒之後，她趕緊將杜夫人扶住，替她將香插進香爐，勸道：

「夫人，您要放寬心啊！若是這樣一直傷心下去，身子骨是會受不住的，小姐畢竟是死了，您再怎麼樣哭她，她也不會活過來了。您還是好好調養自己的身子，這樣小姐在天之靈看見，她才會放心啊。」

杜夫人擦擦眼淚，道：「春香，妳說的這些，我也是知道的，只是這三年來，我每每看見麗兒留下的那些詩書文稿、針線刺繡，就忍不住悲從中來。觸目所及，就好像看見麗兒還在我身邊讀詩、作針線似的，叫我怎麼能不傷心呢。今天又是麗兒的生辰，妳就讓我好好為她哭一哭吧！」

「夫人，您這樣豈不是讓小姐在九泉之下不能安心了嗎？何況近日軍情緊急，若是老爺看見了，只怕引得老爺傷心恍惚，那就不好了。」

「嗯，妳說的有理，那便叫人撤去香案吧。」杜夫人揮揮手，在春香的扶持下，緩緩的走回房。

杜寶這時正好也在房裡，見杜夫人滿臉淚痕，不用問也知道原因，他嘆了口氣，正想勸慰妻子幾句，

忽然大廳那邊傳來總管著急的叫聲。杜寶聽見總管叫聲不禁一驚，連忙整好衣冠，快步走到大廳看視。

「老爺，有樞密院＊來的朝報一本。」

杜寶接過朝報，揭開一看，竟是要他即刻渡淮的聖旨。他看了以後不禁皺眉，回頭見杜夫人也跟著來到正堂，便道：「夫人，聖旨下令渡淮，不許延誤，兵機緊急，妳我這便啟程移鎮淮安。」說著，便吩咐總管下去準備。

不一會兒，船隻已然齊備，杜寶帶著杜夫人還有春香一同上船，起錨向淮安而去。誰知船開出沒多久，就有快馬飛馳而來，沿岸追趕。杜寶見狀，十分驚訝，只怕有緊急軍情，忙揚聲問道：

「岸上快馬奔馳的是什麼人？」

「啟稟大人，那賊寇李全兵進淮安，還請大人棄水路，改走旱路，儘速前往淮安主持調度。」杜寶聽完軍情，急忙叫船隻靠岸，他一下船，便吩咐杜夫人道：

「夫人，軍情緊急，不可耽誤，我這便隨他們快馬前往。前線既然緊急，妳和春香不宜前去，但我想

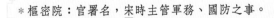

＊樞密院：官署名，宋時主管軍務、國防之事。

敵人既攻淮安，揚州不久後想必也有危險，妳和春香還是乘船先到臨安去吧！」

杜夫人惶急不已，她拉著杜寶的衣袖，緊張的叮囑道：「老爺，你萬事都要小心，千萬保重。」

「我自己曉得。春香，好好照顧夫人，夫人也要自己保重，老夫這便告辭了。」杜寶交代完，翻身上馬，兩人快騎，煙塵滾滾的離開了。

春香見杜夫人一臉擔憂，連忙上前扶住她，回頭吩咐船夫改道向臨安而去。大江之上，煙波浩渺，船隻在浪濤中起起伏伏，她們兩人的心情，也像這洪濤孤舟一般，起落不定。

第九章　如　杭

　　柳夢梅帶著杜麗娘和石道姑，一行三人風塵僕僕的來到杭州，一路上舉凡租車、租屋等諸多瑣事，多虧有石道姑在一旁幫忙，不然單憑他們倆——一個是不善經營生活的秀才，一個是不出閨門的嬌媚小姐——又是這樣路途遙遙，還真不知如何是好，也因為如此，兩人對石道姑越發感念。

　　杭州自古繁華，又山水秀麗，風月無邊，柳夢梅和杜麗娘兩人新婚燕爾，在此閒居，日日同讀書史，作對吟詩，生活得相當愜意；有時，柳夢梅專心在為科舉考試作準備，杜麗娘便一言不發的陪在他身旁，為他做鞋縫衣，為他洗手作羹湯。雖然只是小小一間屋子，三餐吃的是粗茶淡飯，但兩人情意相投，舉案齊眉，實是說不盡的溫柔綺旎。

　　歡樂時光容易過，兩人在杭州居住已有一段時日，轉眼已是科考之期。柳夢梅前去赴考已有數日，杜麗娘日日在家倚門盼望，既希望柳夢梅儘快返家，以慰

相思，更希望他能金榜題名，這樣日後拜見父母之時，便可確保丈人、女婿之間相安無事，也算了卻她一件心事。

這天清晨醒來，草草用過早飯之後，杜麗娘見夫君仍是未歸，便獨自待在房中刺繡，誰知還繡不到一片花瓣，便覺心神不寧。她放下針線，走到房外探視，對自己心頭突起的異樣感受格外不安，總覺得好像有什麼事會發生似的。杜麗娘朝天拜了幾拜，閉上眼誠心祝禱，祈求父母與夫君都能平安無事。

才祝禱完，睜開眼便見柳夢梅從門外走進來，她連忙倒來一杯茶，滿心歡喜的迎上前去。柳夢梅笑著接過茶，喝了個涓滴不剩，兩人說了一些閒話，杜麗娘才問道：「相公，不知科考情況如何？」

柳夢梅搖搖頭，嘆了口氣，道：「我去得遲了，險些趕不上考試，幸好遇到一個舊日知交，才讓我補了卷子。」

「既然補上了，那便甚好。只是不知道放榜沒有？」

杜麗娘遲疑的問道。

　　柳夢梅見杜麗娘一臉擔憂，他摟了摟她纖柔的肩膀，微笑道：「還沒呢！這事說起來也實在湊巧，當時奏龍樓上確實已經是在準備開榜，但突然之間卻又不開了，聽說是大金國起兵，幾日之間，已經殺過淮揚來了，所以一切事務只好延遲了。」

　　杜麗娘聽了這話，臉色突然刷白，她深吸口氣，語氣微顫的說：「遲幾日其實也不算什麼。只是你方才說的淮揚地方，那不正是爹爹管轄之處嗎？」

　　柳夢梅頓了一下，略一遲疑，才緩緩點頭。杜麗娘只覺天旋地轉，一時之間所有的不安都兜上心來，柳夢梅見杜麗娘神色淒慘，連忙扶她坐下，此刻事事都尚未明朗，他實在不知道該如何安慰她才好。

　　杜麗娘越想越是心慌，不禁嚶嚶哭泣起來：「天哪！不知爹娘此時生死究竟如何？」

　　「娘子不須太過憂心，岳父既然奉命鎮守淮揚，若有不測，朝中必然有報，如今未聞警報，如此看來，岳父、岳母想必無事。」

　　「這也難說得很。」杜麗娘哭得抽抽噎噎，雙眼瞅著柳夢梅，欲言又止的說：「相公，妾身有一句話，只是不忍啟齒。」

柳夢梅看她淚光閃閃，伸出手指輕柔的為她拭去淚水，深情款款的說：「娘子是希望我前去淮揚打聽岳父、岳母消息，是嗎？」

杜麗娘看著他，眼淚還是不停的落下，為著他的體貼和諒解。柳夢梅將她摟進懷中，溫柔的說：「傻瓜，妳的爹娘便是我的爹娘，前去打探也是應該的啊。何況，我知道妳一直擔心岳父不能容許妳我之事，也恐他對我有成見，如果我能在此時去尋訪他的消息，岳父不管怎麼樣也一定會認同我吧？」

柳夢梅這話正好說中杜麗娘的心事，她依在他的懷中，萬分眷戀的擁著他。他輕撫她的秀髮，輕嘆一聲，道：「我就是放心不下妳。」

「不怕，我會自己照顧自己，更何況有老姑姑在此與我作伴，反倒是你……」杜麗娘憂心的望著他。

「我不會有事的，我一個人不也是千里迢迢的從嶺南到嶺北來了嗎？」柳夢梅笑著安撫她，轉念一想，又道：「只是我這一去，拜見岳父、岳母之時，他們肯定會問及還陽之事，卻該如何取信於他們呢？」

杜麗娘黛眉微皺，道：「是啊，這事雖是千真萬確，說起來卻難免讓人覺得離奇荒誕，爹爹又一向堅守『子不語：怪力亂神』的訓誡，只怕他不相信呢。」低頭

牡丹亭

思索了一會兒，她抬頭笑道：「有了，相公便將妾身的那幅畫軸帶在身邊，拜見之時取出，爹娘必然會問起我的。」

「若是他們問起時又該怎麼回話呢？」

杜麗娘依偎在他懷裡，愛嬌的說：「就說這是天上地下、前世今生早就注定的姻緣，你偶然來到梅花觀中，在後園閒逛之時，不經意踩到墳邊，墳墓就自己開了，於是妾身便還陽了。」

「從妳到我的書齋來那邊說起才好呢！」柳夢梅低頭望著杜麗娘，臉上微帶促狹的笑意。

「都什麼時候了，你還有心情說這些。」杜麗娘羞得滿臉通紅，不依的說。

柳夢梅微微一笑，道：「好，不說了。先把東西收拾收拾，便可以啟程了。」

杜麗娘將畫軸仔細的包好，連同包袱一起交給柳夢梅，語重心長的說：「相公，一路上須得小心注意，不必掛念妾身。到了那邊，若是一切平安，盼你早些回來。」

「娘子也是，精神才調養的健旺些了，更要好好保重自己。」柳夢梅叮嚀完畢，轉

身便要啟程，杜麗娘依依不捨的拉住他的衣袖，不住的深呼吸，努力不讓眼裡滾動的淚水落下。看他深情且堅定的望著她，杜麗娘點點頭，緩緩的鬆開了手，看著他在秋風中絕塵而去，兩行清淚終究還是落了下來。

卻說那日杜寶辭別杜夫人與春香之後，二人快騎直奔淮城而去，當時賊寇攻打淮城正急，杜寶等人衝鋒陷陣，好不容易才進到城中。進城之後，卻聽得李全率眾來攻，將淮城圍了個水洩不通，所幸城中糧草豐足，杜寶到任後，即刻調兵遣將，一方面盡心守城，一方面派飛騎進京搬討救兵，希望能兩下合擊，攻李全一個措手不及。

這天，杜寶在淮安城中處理軍務，正忙得焦頭爛額之際，忽有一名守衛前來報訊：「啟稟大人，城外有個自稱是老爺故友之人來訪。」

杜寶從滿桌堆積如山的公文中抬起頭，疑惑的說：「賊寇圍城正緊，怎麼會忽有故友前來？莫非是奸細？那人可曾說他是什麼人嗎？」

「回大人，說是江右南安府陳最良。」

「喔！原來是陳先生，他來做什麼？而且他一個讀書人，怎麼飛得進這圍城之中？快請他進來。」杜

實又驚又喜，連忙離座迎接。

只見陳最良滿面風霜的走進房來，神情似乎有些激動，兩人寒暄了幾句，陳最良終於忍不住說道：「啟稟大人，老夫人和春香在回臨安的路上，被賊兵給殺害了！」

杜寶聽了，猶如頭上打了個焦雷，忙問：「先生如何知道？」

「老夫千里迢迢從南安趕來，原是有事要向大人稟告，誰知路上為賊兵所獲，抓到賊營裡去，正巧聽見賊兵來報，還將夫人和春香的首級提進帳中，我在一旁都看見了。」

聽見夫人遇難喪生，杜寶不禁心中一痛，身子搖搖欲倒，哭道：「夫人！」陳最良連忙上前扶住他，只聽杜寶哭了幾聲，忽然站起身來，悲怒交加的說：「夫人是朝廷誥命夫人，她被賊兵所擄，必因罵賊而死，氣節凜然，我若為她亂了方寸，豈不是軍心大亂！陳先生，想是那溜金王李全放你前來報訊的吧？他還說了什麼話沒有？」

陳最良躊躇了一會兒，低聲道：「他說他不僅要殺老夫人和春香，還要殺大人你！若是大人肯獻城投降，倒可饒你一命。」

「哼！好賊子！我杜寶豈是獻城投降之人嗎？」杜寶義憤填膺的說，他看了陳最良一眼，忽然心生一計，問道：「陳先生，你在賊營之中待過，不知營中是只有李全一人在座，還是另有他人？」

「營中是他和妻子連席而坐。而且我還聽說，前日大金派使者前去，那使者似乎對那李全的夫人言語輕薄。」

杜寶捻鬚微笑，道：「既然如此，那麼退敵有計了。對了，先生方才說因有要事，才從南安千里而來，究竟是為了何事？」

陳最良被這麼一問，以掌擊額，低叫道：「哎唷！大人不問，老夫幾乎忘了。其實是因為小姐的墳被盜了，所以特地前來相告。」

「什麼？」接連兩個惡耗，聽的杜寶心中悲痛不已，他悲憤的說：「天哪！墳中枯骨，與賊何仇？都是被墓中陪葬的珍寶給害的。那賊人是誰？可曾捉到？」

「大人離去後，觀裡來了個嶺南書生叫柳夢梅，想是暗地裡與石道姑勾搭上了，後來起了貪念，連夜劫墳逃逸，還將小姐屍身丟在池水之中。」

「家門不幸，家門不幸！」杜寶連連搖頭嘆息，轉身向陳最良拱手道謝：「多謝先生一路辛苦。」

牡丹亭

「大人說哪裡話來，老夫受大人之託，卻未能盡責，已是有愧在心了，何勞這一點奔波。」

杜寶點點頭，看了看左右，對陳最良耳語道：「先生深明大義，下官是一向景仰的。眼下淮城被圍，下官有一退敵之計，需要一個方便出入敵營之人，希望先生能夠出力，不知先生可願相助？」

陳最良詫異的看了杜寶一眼，道：「還請大人詳說。」杜寶將心中所想的計畫告訴他，陳最良聽得頻頻點頭，連稱妙計。杜寶見陳最良願意相幫，便寫下兩封書信，交付給他，只盼他能說動李全投降。

自從那天送柳夢梅離開，隨著時間一天一天的過去，杜麗娘心裡越發憂急，既擔心父母，又憂慮丈夫，雖說石道姑每天都在外邊打聽，卻總是沒有進一步的消息。這天夜裡，新月如鉤，秋風颯颯，杜麗娘獨自站在院中，聽著錢塘江翻湧的潮聲，腦海中思緒翻騰，心情備感焦慮。

「小姐，妳好不容易才將身子養好，這會兒又站在那風口裡，不怕又受風寒嗎？」石道姑不知何時已來到她身後。

「老姑姑，秋風才起，還不覺得冷呢！」

「就算是這樣，也該多添件衣服才是。還有，天都黑了，怎麼一個人站在這裡，還不點上燈呢？」石道姑叨叨絮絮的說著。

杜麗娘看著天空，語氣淡淡的說：「秋高氣爽，萬里無雲，正好賞玩新月。」

石道姑抬頭看了天空一眼，道：「今兒星、月皆有，可怎麼看怎麼晦暗不明，我看我還是去點個燈，免得待會兒黑漆漆的，不小心摔了。」

看著石道姑往後堂去取燈，杜麗娘微微一笑，忽然間聽到前廳傳來敲門聲，門外有女子高聲呼喚：「有人嗎？裡頭有人嗎？」

聽到這聲叫喚，杜麗娘心頭一驚，覺得這聲音聽起來似乎有點熟悉。她快步走到前廳，門外的人一邊敲門，一邊還在說話，聲音聽起來似乎是兩個女子，一老一少。杜麗娘壓下心中的異樣感覺，揚聲問道：「是什麼人？」

「姑娘，我們娘兒倆趕路錯過了宿頭，天色又已晚了，不知道能否行個方便，讓我們借住一宿。」略顯蒼老的女子聲音回應。

杜麗娘略一沉吟，將門拉開一條小縫，見門外果然站著兩個女子，只是天色昏暗，看不清面容。她將

門拉開，招呼道：「既然同是女子，無須避嫌，便請裡面稍坐。」

那中年女子聽到杜麗娘的聲音時，身子突然微微定住，隨即搖搖頭，向著屋裡走去，說道：「叨擾了。」

便在此時，就著星月微光，中年女子與杜麗娘打了個照面，兩人不期然都是一驚，站在中年女子身後扶著她的少女，見了杜麗娘的容貌，也不禁輕輕的「呀」了一聲。

那中年女子忙拉過少女，低聲道：「春香，妳瞧那人像誰？」

原來這女子竟是杜夫人，那日她與杜寶分散，和春香一路往臨安而來。當陳最良被捉到賊營時，她與春香已經乘船到了錢塘江畔，根本沒有與賊兵碰上。在賊營之中，陳最良看到的首級其實是別人，只是驚惶之下，又聽賊兵報是杜夫人與春香，竟爾信以為真，因此被李全所騙，去向杜寶勸降。哪知杜寶雖誤信妻子死訊，卻臨危不亂，反而將計就計，要陳最良去說降李全的妻子。

「看起來，倒像是小姐的模樣。」春香想到小姐已死，不由得打了個冷顫。

「妳看裡頭黑漆漆的，又只有她孤身一人，莫非

是鬼不成？妳悄悄到裡頭瞧瞧，看有沒有其他人在，我來問問她。」見春香點頭，杜夫人嚥了口口水，對著屋裡問道：「姑娘，天色已晚，妳一人獨居，怎麼不點燈呢？」

「方才奴家在院中賞玩星月，忽然聽見叩門之聲，所以沒來得及點燈。」杜麗娘聽這聲音越聽越是熟悉，心下暗暗猜測：「這位夫人，聲音相貌似乎便是母親，那丫頭好像是春香，莫非天意巧合，竟在今晚相遇？」

想到這裡，杜麗娘回頭問道：「敢問老夫人，是從何處前來呢？」

杜夫人嘆了口氣，傷心的道：「唉，老身是從淮安來的，拙夫是淮揚安撫使，因遭兵亂，要我避難逃生到臨安來。」

聽了這話，杜麗娘知道是母親到了，正要上前相認。這時春香已悄悄繞著房子看了一圈，走到杜夫人身邊，低聲道：「夫人，整所空房子，沒半個人影兒，只怕真的是鬼。」

杜夫人一聽，倒吸一口涼氣，這時杜麗娘正好撲上前來，哭道：「娘啊，女兒好想您呀。」杜夫人雖然深愛女兒，但這時以為她是鬼，正滿心恐懼，嚇得往後一退，口裡叫道：「哎喲！真是我的女兒顯靈了，春

牡丹亭

香，包袱中有隨身紙錢，快丟，快丟。」

春香聽了這話，連忙將包袱中的紙錢取出，一個勁的往杜麗娘身上撒去。杜麗娘被紙錢扔得滿頭滿臉，她一邊避，一邊叫道：「娘啊，女兒是人不是鬼。」

三個人正亂成一團之際，石道姑手執燈盞，走到前廳來，口裡念叨著：「怎麼都入夜了，門也栓上了，廳上還這麼吵啊？唷！怎麼撒起紙錢來了，這是幹什麼呀這是？」

「夫人，那不是石道姑嗎？」春香詫異的問著。

「咦？老夫人和春香怎麼到了這裡？從哪裡來的？」石道姑終於看清楚廳上站著的是誰，再看滿室紙錢，立刻明白狀況，忙道：「老夫人休要驚慌，小姐是人，不是鬼，妳瞧。」說著將燈移近杜麗娘，火光在她身後的牆壁上，映出一個窈窕的身影。

杜夫人簡直不敢置信，走上前去拉拉杜麗娘的手，摸摸她的臉，既喜且悲，哭著將她抱進懷中，道：「真是我兒麗娘！三年了，過了三年了呀！怎麼……怎麼妳居然能死而復生呢？」

春香跑到杜麗娘身邊，驚喜的看著她，

道：「小姐，真的是妳，妳活過來了！我就說嘛，除了小姐，哪裡有這麼漂亮的鬼呢？」

杜麗娘聽了春香的話不禁噗嗤一笑，擦乾眼淚，拉著母親和春香在前廳坐下，自己和石道姑坐在一邊相陪，互道別後之情。杜夫人拉著杜麗娘，細細問她如何死後還陽，杜麗娘便將自己從春日感夢，一直到死後還陽的事，一一向母親說明，每說到羞澀處，杜麗娘便支支吾吾，說得含糊不清，石道姑便跳出來幫著她補充一番，逗得杜夫人和杜麗娘笑個不停。待杜麗娘說畢前事，杜夫人和春香也將三年來的事大略說了一下，待說到近日和杜寶分散之事，四人都不禁嘆息。

「母親也無須過慮，相公已經前去淮城探問，相信幾日內便會有消息的。」杜麗娘輕聲道。

「但願妳父親和女婿都能平安無事才好，我可還沒見過救妳還陽的那個好女婿呢！」

石道姑輕拍杜夫人的手，安慰道：「沒事的，老夫人，妳瞧，現在妳們母女團圓啦，這是多好的兆頭，改天定能全家團聚的。」

「小姐，當日妳在那畫上題詩，說什麼梅邊柳邊，如今這姑爺的名字裡，倒真是又有柳、又有梅。我看哪，這是宿世姻緣，肯定跑不掉的，所以夫人也不用太擔心了。」春香笑著對杜麗娘說。

杜麗娘微笑點頭，眼光望向窗外秋日的夜空，黃澄澄的一鉤新月，看起來倒像是夜神微張的迷濛睡眼。不知道柳郎此刻是不是也看著同樣的月亮，他到了哪裡，現在可好嗎？

牡丹亭

第十章　圓　駕

　　披星戴月，經過一番風霜之後，柳夢梅終於抵達淮揚地界。在他風塵僕僕的來到淮安城時，原本為賊兵所圍，情勢緊張、戰爭一觸即發的都城，此時卻是一派歡欣鼓舞的氣氛。除了部分地區還殘留烽火之後的淒涼，淮城大部分的地方都沉浸在停戰的喜悅裡，來來往往的人都在訴說賊兵退去的好消息，傳頌著安撫使巧計退敵的智謀。

　　柳夢梅沿路打聽，聽說此時杜寶尚在淮城中，正與同僚同開太平宴，日前先派遣陳最良回京傳達捷報，向聖上呈上李全降書。聖上見降書之後，龍心大悅，特頒恩旨，擢升杜寶為同中書門下平章事，相當於丞相之職，已故妻子甄氏追封一品貞烈夫人，而陳最良因相助退敵有功，也受封為黃門奏事官。

　　聽說杜寶在府中開宴，柳夢梅整理儀容，正欲前去拜見，誰知剛走到府門前，卻被守門衛士攔下，喝道：

「放肆！哪裡來的窮酸秀才，想幹什麼？」

柳夢梅向衛士拱手行禮，道：「這位大哥，在下是杜老爺女婿，還請代為通報一聲。」

那衛士聽了這話，神色一變，立刻恭恭敬敬的將柳夢梅請到一邊，鞠躬哈腰的說：「小人有眼不識泰山，還請公子見諒，小的這就去通報。」

「如此有勞了。」柳夢梅拱手行禮，心裡不免嘀咕世態之炎涼，連一個守門的衛士也如此勢利，前後態度轉變之大，真是令人心寒。他在外頭等了一會兒，想著裡頭正開太平宴，待會兒進到宴席中，若是突然要他作首太平詩、河清賦，一時之間難免手忙腳亂，不如現在先作草稿才好。

正沉吟間，方才那名衛士從裡頭走了出來，氣勢洶洶，神色不善。柳夢梅也沒注意，心想既已通報，他整整衣襟便要入內，誰知那衛士猛地將他一推，怒喝道：「什麼鬼秀才！恩相大人根本沒有女婿，你也敢來此冒充，好大的膽子，連累我招了一頓罵，還不快滾！」

柳夢梅一愣，知道其中曲折難以說明，便道：「這位大哥，在下確實是杜老爺的女婿，絕非冒充，只是其中諸多曲折，還需當面向杜老爺說明，還請這位大

哥行個方便，領我進府。」

「去！去！去！管你什麼狗屁曲折，大人說了沒女婿，就是沒女婿，你要是再在此吵鬧，我就對你不客氣。」這衛士方才被臭罵一頓，正一肚子氣，伸出拳頭在<u>柳夢梅</u>面前揮了揮，不屑的朝地上吐了口口水，罵道：「也不撒泡尿照照，就你這窮酸樣，也想當丞相爺的女婿，攀親帶故的，你夠資格嗎？夠分量嗎？別說是大人了，給我提鞋，我還嫌你臭呢！還不快滾！」。

<u>柳夢梅</u>方才見這衛士如此勢利已頗為不悅，此刻見他出言不遜，不由得大怒，雙眉一揚，袍袖一拂，喝道：「放肆！你這跳梁小丑，也敢口出惡言，別說我今日是你家老爺的乘龍快婿，就算只是一般軍民百姓，也不能由你隨意汙衊！衙門威儀，都是被你這種勢利之徒所敗壞！」

那衛士被<u>柳夢梅</u>一喝，見他目光凌厲，威儀赫赫，不由得一愣，轉眼回過神來，更是怒火滔天，對著<u>柳夢梅</u>破口大罵。兩人正在門前僵持不下時，門內突然傳來杜府總管的喝問聲：

「軍門之外，誰敢喧嚷？」

「啟稟總管，這個酸秀才自稱是大人女婿，在此鬧著要進府赴宴。」那衛士揪住<u>柳夢梅</u>，揚聲回應。

「何處來的秀才，膽敢如此放肆！來人，先將他拿下，押解到臨安，等候大人審判定奪。」

「是！」那衛士聽了這話，越發得意，兩三下將柳夢梅綁縛起來。柳夢梅心中暗暗叫苦，哪裡知道岳父還未見到，竟先惹來牢獄之災。

就在柳夢梅被押解回臨安之時，杜寶也告別淮城官民，準備回臨安赴任新職。一路上想起亡故的老妻幼女，不由暗自神傷，這時總管才有空向他稟報方才之事。杜寶聞言大怒，想到家人身遭如此不幸，竟還有招搖撞騙之徒前來冒充女婿，他在心裡暗暗決定，定要讓這狂徒得到教訓。

就在丞相車隊進到臨安之際，臨安城中也發生了一件怪事，正鬧得城中喧騰不已。杜寶在轎中皺眉，問道：「外邊什麼事如此吵鬧？」

「回稟大人，說是今日科考放榜，可不見了新科狀元郎，滿城裡遍尋不著，負責官吏們怕誤了瓊林宴＊，帶了個駝子正在四處尋訪呢。」總管隔著轎簾回應。

「喔？這倒奇了。那新科狀元叫什麼名字？」

＊瓊林宴：宋時朝廷宴請新科進士的宴會。

「回稟大人，聽說是叫柳夢梅。」

「柳夢梅？」杜寶覺得這名字十分熟悉，一時卻想不起來在哪裡聽過，他搖搖頭，道：「不管他了。到相府之後，你便去將淮安押解來的那個犯人提到相府大堂，等我發落。」

經過舟車勞頓，柳夢梅已是一身疲憊，狼狽不堪。總管派人將他押到相府大堂，只見杜寶高坐大堂之上，蟒袍玉帶，面色嚴峻。柳夢梅見堂上兩排衙役，個個手持棍棒，他也不驚恐，整整衣襟，上前行禮。

「岳父大人有禮，小婿拜見。」

柳夢梅話剛出口，兩排衙役突然發出低咆似的威嚇之聲。

杜寶一拍驚堂木，喝道：「放肆！你是什麼人？既犯了法，在本相面前竟敢不跪！」

「生員＊嶺南柳夢梅，實在是大人的嫡親女婿。」

聽見人犯自稱柳夢梅，杜寶不禁一愣，心想：莫非此人竟是新科狀元？轉

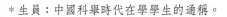

＊生員：中國科舉時代在學學生的通稱。

169

念又想，此人衣履破舊不堪，分明是個無賴，怎麼可能是新科狀元，想必是同名同姓。想到這裡，杜寶心神稍定，指著堂下，怒道：「大膽！在本相面前也敢胡言亂語！小女已亡故三年，不說不曾許配人家，便是指腹為婚，也從來未曾有過，本相哪裡來的女婿？分明是汙衊小女清白閨譽，實在可恨！來人哪，把這狂徒給我拿下！」

柳夢梅聽杜寶叫拿人，他向前一站，氣勢軒昂的喝道：「誰敢動手！」

「哼！好大的口氣。這麼鎮定，想是做慣此事的了。來人！搜他包袱，其中定有贓物。」

衙役走上前去，扯過柳夢梅的包袱，搜出一卷畫軸，呈給杜寶。杜寶打開畫一看，不由得驚怒交加，氣得渾身打顫，終於想起柳夢梅這個名字自己是在哪裡聽過。他看著柳夢梅，力持鎮定的問：

「這是我女兒畫像！你可曾到過南安？認得石道姑和陳最良嗎？」

「認得。大人──」柳夢梅見杜寶看了畫，正待解釋，卻見杜寶怒火中燒的瞪著他，咬牙切齒，一字一頓的說：

「老天有眼，原來那個盜墳之賊就是你。來人，

抓住他，狠狠的打！」

「誰敢！」柳夢梅喝住眾人，不卑不亢的看著杜寶，道：「大人，你說誰是盜墳賊？可有證據？無憑無據，便喝令打人，世間豈有此理！」

杜寶將驚堂木往桌上重重一拍，指著他厲聲喝道：「這女子畫像便是證據，你還敢狡辯！陳最良前日向我稟報，你勾搭石道姑，掘墳盜寶，還將我女兒屍骨投入江中，種種罪狀，萬死難贖！來啊，寫好供狀，讓他畫押，推出去斬了！」

柳夢梅知杜寶聽了陳最良言語，先入為主的認定他盜墳，他嘆了口氣，叫道：「大人，令嬡現在好端端的活著，在下為她費盡心思，天知地知，陳最良不知就裡，誤報在下盜墳掘屍，難道大人只聽片面之詞嗎？」

「我女已死三年，如何起死回生？你這怪力亂神之語，騙得別人，騙不得我！」

「大人哪，在下自從園中拾得小姐畫像，日日禮敬，深情叫喚；她魂遊觀中，我與她密約幽期，兩心相許；知她還陽有望，我為她點起神香、破開墓塚；見她還陽體弱，我細心照護，好不容易才醫得她精神健旺、面色紅潤。其中種種辛勞曲折，大人哪裡知道？」

杜寶聽得傻眼，抖著手指指柳夢梅，道：「這小賊

說的都是些什麼話？妖言惑眾，簡直是見鬼了！來人啊，吊起來打！」

衙役聽了杜寶命令，連忙抓住柳夢梅，將他高高吊起，一下又一下的鞭打在他身上。柳夢梅連聲叫苦，便在此時，尋找狀元的官吏們正巧經過丞相府，聽見府中喧鬧，其中有個駝子聽見柳夢梅的叫聲，驚喜的叫道：

「這聲音聽起來像是我家公子的聲音啊！」原來這駝子便是在柳夢梅家中種樹的郭駝孫，因見柳夢梅出來赴試，經年不回，因此出來尋訪。哪知在路上正好碰上這群找狀元的官吏，巧的是狀元就是他家公子，兩方人馬便會合起來，在城中到處尋找。

官吏們聽見這話，喜得連忙闖進相府大堂，卻見柳夢梅被吊在半空中，正遭受毒打，郭駝孫見柳夢梅受苦，一馬當先，舉起手裡的枴杖，喝道：

「誰敢打我家公子！」

「放肆！相府之中，誰敢無禮！」兩旁衙役高聲喝斥。

官吏連忙上前稟報：「奉聖上旨意，四處尋找狀元柳夢梅。」

「這位大哥，在下便是柳夢梅。」郭駝孫趁亂連

忙解下柳夢梅，替他鬆綁，柳夢梅見到郭駝孫十分驚喜，問道：「老駝伯，你怎麼到了這裡？」

「俺一路從嶺南找公子找到臨安，到臨安聽說公子中了狀元，偏偏四處找你不到。」

柳夢梅聞言大喜，忙道：「真的嗎？既然如此，快去錢塘門外，向杜小姐報喜。」郭駝孫聽見，開心的去了。官吏們見找到了狀元郎，也連忙回去覆命，一時之間，闖進相府的人又走了個精光。杜寶見眾人已去，恨恨的看了柳夢梅一眼，喝道：

「閒雜人等已去，來人，把他吊起來再打。」

「且住！在下既身受皇恩，點中狀元，豈是你隨意打得。」柳夢梅見杜寶冥頑不靈，不禁有些動怒。

杜寶橫了他一眼，冷笑道：「哼！既是狀元，必有登科錄*為證，你的登科錄何在？來人，吊起來打！」

柳夢梅聽了這話不

---

*登科錄：科舉放榜錄取的名冊或憑證。

禁暗暗叫苦，恰好這時主考官<u>苗舜賓</u>接獲通知，率領眾人，捧著冠帶蟒袍前來，正好聽見<u>杜寶</u>的話，忙道：「老丞相住手，現有登科錄在此。他是本官取中，蒙聖上御筆親點的新科狀元，老丞相何以如此毒打？哎呀！把一個俊俏的狀元郎打的渾身是傷，來人，快把冠帶伺候狀元公穿戴起來。」

<u>杜寶</u>拉過<u>苗舜賓</u>，問道：「<u>柳夢梅</u>只怕不是此人吧？若果真是他，雖是生員赴試，也得等候放榜，怎麼殿試過了，他不等開榜，卻跑到<u>淮揚</u>來胡鬧？」

<u>柳夢梅</u>一邊聽見，忙道：「老丞相原來不知。因為<u>李全</u>兵亂，放榜延遲。<u>杜</u>小姐聽說老丞相鎮守<u>淮揚</u>，正逢兵寇騷擾，懇求我前去，一來報她還陽之喜，二來也可相助守城，豈知老丞相不問就裡，致有今日之事。如今一切皆已說明，岳父大人可認了女婿嗎？」

<u>苗舜賓</u>在旁聽見，連聲向<u>杜寶</u>道喜，<u>杜寶</u>冷哼一聲，大袖一揮，喝道：「胡言亂語，妖言惑眾，誰認你是女婿！來人，扯下宮袍，再打！」

<u>柳夢梅</u>聽見<u>杜寶</u>的命令，不禁羞怒交加，冷笑道：「哼！老丞相好大的威風！旁人見女婿，哪個不是禮敬有加，只有老丞相一個勁的對女婿煞威風！如今還要扯下我御賜宮袍，違旨抗命不成？」

杜寶恨恨的說：「我只恨沒有在淮城早早判了你這盜墓掘屍的惡賊斬刑！」

「所有實情，在下均已向大人稟告，老丞相既剛愎自用，執意不信，也不顧父女親情，那也由得你了。在下還得奉旨赴宴，告辭了！」說完，柳夢梅袍袖一揮，轉身便走。

杜麗娘穿戴著鳳冠霞帔，一身盛裝的走到金殿上，事情會發展成現在這樣，她實在是始料未及。柳夢梅高中狀元，她自然十分歡喜，父親平安無事又升任丞相，也是喜事一樁，但他們翁婿兩人居然彼此互告，在聖上面前彼此辯難到幾乎反目，就令人相當苦惱了。

她深知父親個性極其固執，對她死而復生這種事，必然無法輕易接受，因此之前讓柳夢梅先去尋訪父母，也是希望此事能先私下取得父親諒解。哪知父母離散，少了母親在旁緩頰，父親又一口咬定柳夢梅招搖撞騙、妖言惑眾，全然不關心女兒是生是死，柳夢梅便是再有涵養，也會動怒。

杜麗娘在心底嘆了口氣，為了這件公案，聖上特地下旨，要她上殿與狀元、丞相一同在駕前對質，辨明真假。為了面聖，她們四人在家中亂了一夜，不到

五更，就到這金鑾殿外候旨。杜麗娘見這金鑾殿侍衛森嚴，心裡不由得惴惴不安，方才在御階前被侍衛一喝，嚇得她險些魂飛魄散，想當初她在冥府受審時也未曾怕到這般田地。正在胡思亂想之際，忽聽殿上傳旨道：

「宣返魂之女，西蜀杜麗娘晉見。」杜麗娘聽見金殿叫傳，蓮步輕移，娉娉婷婷的走上殿來。她一走進殿中，杜寶不由得大吃一驚，只見杜麗娘在君前行禮如儀，三呼萬歲，跪拜在金鑾殿上。

「賜卿平身。」皇上看了杜麗娘一眼，轉頭對杜寶和柳夢梅道：「杜麗娘是真是假，現命親父杜寶、狀元柳夢梅上前辨認。」柳夢梅聽見聖上旨意，連忙上前扶起杜麗娘。杜寶看著杜麗娘，越看越是惱怒，心想這鬼實在邪門，居然真的與女兒一模一樣，真是膽大妄為。他怒哼一聲，走到聖上座前，稟告道：

「臣杜寶謹奏：臣女杜麗娘已亡故三年，此女雖然相似，想必是花妖狐媚假託而成，求聖上將她在金階嚴打，讓她現出原形。」

柳夢梅聽了杜寶此言，真是怒火中燒，只是萬歲在上，不好發作，只好口裡啐道：「好個狠心的老父！」聲量恰好讓杜寶聽見，杜寶惡狠狠的瞪了他一眼。

皇上見此事難以分解，略一沉吟，便道：「朕聽說人行有影，鬼形怕鏡。定時臺上有秦朝照膽鏡，黃門官可領杜麗娘前去照鏡，瞧她形影如何，再行定奪。」

陳最良領旨，帶著杜麗娘前去定時臺，陽光下果見杜麗娘身影俱有，照膽鏡前形貌畢現，他驚喜的道：「女學生原來確是人身！」回到殿上便將此事奏報。皇上聽了陳最良的回奏，下旨要杜麗娘將前亡後生之事詳細奏來，杜麗娘跪倒君前，將整件事自頭至尾，娓娓道來。

聽完了杜麗娘的話，皇上不禁嘖嘖稱奇，又問道：「不待父母之命，媒妁之言卻自媒自婚，是什麼道理？」

「啟稟萬歲，臣女身受柳夢梅再活之恩，焉能不報。」

柳夢梅聽見聖上問起不媒而婚之事，連忙上前說道：「啟奏萬歲，臣與吾妻雖說不媒自婚，但陰陽和合，此乃天地正理。」

杜寶冷笑道：「哼！正理？什麼正理？不媒而婚，神鬼妖異豈是正理！」

「老丞相！你——」柳夢梅怒不可抑，手指著杜寶就要上前和他說出個是非曲直。杜麗娘拉住柳夢梅，哀婉欲絕的看著父親，杜寶冷冷的別過臉去，她傷心的道：

「啟奏萬歲，臣女無奈。眼前活生生立著個女孩兒，怎知親爹偏偏不認，倒是做鬼三年，有個柳夢梅願意相認。」杜麗娘深情無限的望著柳夢梅，轉頭看著父親，道：「爹爹，你當真不認女兒，至少還有娘親肯認。」

這時殿前御侍上殿稟報：「啟稟萬歲，殿外有杜丞相嫡妻，一品夫人甄氏請求見駕。」

皇上不解的問道：「杜丞相之妻不是已死於賊寇之手嗎？來啊，宣她進殿。」甄氏聽宣，緩緩走上殿來。杜寶與陳最良一見大驚，兩人面面相覷，杜寶連忙上前稟報：「啟奏萬歲，臣妻已死於亂賊之手，臣亦已奏請恩旨褒封，此必妖鬼作怪，假作母子一路。」

「甄氏，妳有何話講？」皇上揮揮手，要杜寶不必再說，直接詢問。甄氏連忙將近日情況仔細說明，皇上聽了之後，撫鬚微笑道：「聽甄氏所奏，則此女確是重生無疑。既然如此，人間骨肉團聚，現今命你等四人午門外父子夫妻相認，返家後擇日完婚成親。」

說罷，便下旨退朝。

杜夫人見皇上離去，走到杜寶身邊，笑道：「恭賀老爺高升。」

杜寶欣喜道：「沒想到夫人平安無恙！」杜麗娘見父親認了母親，她開心的上前相認，誰知杜寶卻揮開她，喝道：「青天白日的，女鬼遠些，遠些！如今我連這柳夢梅也懷疑起來，只怕也是個鬼。」

杜夫人搖搖頭，笑道：「今日見了狀元女婿，女兒又得再生，萬分歡喜。狀元，先認了你丈母娘吧！」

柳夢梅忙上前行禮，恭敬的說：「岳母光臨，小婿有失迎接，望請恕罪。」陳最良見他們一家團圓，笑著走過來，道：「狀元郎，也認了丈人吧。」

柳夢梅見方才杜寶依然不認女兒，他拉過杜麗娘，將雙手背在身後，冷哼一聲道：「寧可認十殿閻君為岳父，也不認不通人情之人。」杜麗娘拉拉柳夢梅的衣袖，眼光滿是懇求的看著他，柳夢梅心腸一軟，低聲在她耳邊撒嬌似的抱怨：「真是，受了妳爹好大的氣。」

杜麗娘背著眾人，偷偷向他拱手，柳夢梅微微一笑，無奈的搖搖頭，上前向杜寶深深行了個禮。杜寶神色冷淡，正想轉身離開，杜麗娘見狀，連忙開口喚道：「爹爹！」

杜寶一愣回頭，見杜麗娘委屈萬狀，神情淒楚一如當初將逝之時，不禁心中一痛。杜夫人在旁輕聲勸道：「老爺，你這是何苦呢？難不成要逼著女兒再死一次？要是再死，可就活不回來了。」

　　杜寶見柳夢梅恭敬的拜倒在地，人品確實出眾，他看看妻子，再看看女兒，笑著搖了搖頭，轉身將柳夢梅扶起，道：「賢婿快快請起。」

　　「這就是了。」陳最良笑著拍拍杜寶和柳夢梅，道：「這便回去挑個日子，也好讓他們奉旨完婚。」

　　杜麗娘望著柳夢梅，心中歡喜無限，柳夢梅回頭看見，頑皮的對她行了個禮，杜麗娘也笑著向他微微一福。他向她伸出手，杜麗娘雖然害羞，仍是走上前去，輕輕握住他的手，柳夢梅卻將她護在懷中，牢牢握住她的手，堅定的放在心口，再也不願放開……。

　　但是相思莫相負，牡丹亭上三生路。

牡丹亭——超越生死的愛情

看到有情人終成眷屬，真是鬆了好大一口氣呢。休息一下，一起來動動腦，回答下面的問題吧！

1. 看完這本書後，你學到哪些新詞語或成語呢？

_____

_____

_____

2. 在春天百花盛開的時候，你最喜歡什麼花呢？說說看喜歡它的原因。

_____

_____

_____

_____

3. 你有沒有做過什麼令你難忘的夢呢？試著把夢境寫出來或畫出來吧。

4. 杜麗娘對景色優美的花園印象深刻，你有沒有去過哪個讓你難忘的風景名勝呢？拿照片分享一下吧。

另有其他學習單，可到三民網路書店下載

在經典故事中成長

──有圖、有料、有意思

唐三藏西天取經、魯智深大鬧桃花村、
諸葛亮草船借箭、牛郎織女鵲橋相見……
過去，我們讀這些故事長大
現在，我們讓這些故事陪孩子一起長大
豐富的文化應該被傳承，傳統的經典需要有新意
小說新賞，讓經典再現──

🍾 導讀簡明，掌握故事緣起
🍾 內容生動，融合古典新意
🍾 插圖精美，呈現具體情境
🍾 經典新編，富含文學性質

全系列共三十冊　敬請期待

一生不可不讀的三十本經典

藝術家系列
文學家系列
音樂家系列

兒童文學叢書

如果世界少了 **藝術**、**文學** 和 **音樂**，

人類的心靈就成了荒涼的沙漠。

滿足了孩子的口腹之欲後，如何充實他們的**心靈世界**？

邀集海內外知名作家，全新創作，並輔以精美插圖。文學性、知識性與視覺美感兼具，活潑生動的文句，深入淺出的介紹40位大師的生平事蹟，不但可增加孩子的語文能力，更是最好的勵志榜樣。

國家圖書館出版品預行編目資料

牡丹亭 / 張博鈞編寫；王平，馮艷繪. －－初版一刷. －
－臺北市: 三民，2011
面；　公分. －－(兒童文學叢書 / 小說新賞)

ISBN 978－957－14－5476－4　（平裝）

859.6　　　　　　　　　　　　　　　100004852

© 牡 丹 亭

編 寫 者	張博鈞
繪　　者	王 平　馮 艷
責 任 編 輯	林易柔
美 術 設 計	郭雅萍
發 行 人	劉振強
著作財產權人	三民書局股份有限公司
發 行 所	三民書局股份有限公司
	地址　臺北市復興北路386號
	電話　(02)25006600
	郵撥帳號　0009998－5
門 市 部	(復北店) 臺北市復興北路386號
	(重南店) 臺北市重慶南路一段61號
出 版 日 期	初版一刷　2011年4月
編　　號	S 857470

行政院新聞局登記證局版臺業字第○二○○號

有著作權・不准侵害

ISBN　978－957－14－5476－4　（平裝）

http://www.sanmin.com.tw　三民網路書店
※本書如有缺頁、破損或裝訂錯誤，請寄回本公司更換。